leykam: *seit 1585*

Katrin Schumacher

Liste der gebliebenen Dinge

ROMAN

leykam: *Belletristik*

– Wo bist du?
– Hier.

Fuchsaugen

Den Telegraphenpfad rein, dreihundert Meter geradeaus, dann rechts zweihundert Meter in den Wald hinein. Holzpfosten heben zwei schwarze Drähte in die Höhe, am Feld entlang, hinein ins Laub. Vor dem Tor tauchen die Drähte aus dem Grün wieder auf. Hier ist die Lichtung, hinter dem Tor ist die Wiese. Ein schmal getrampeltes Band zieht sich vom Tor am Boden entlang.

Kato zieht die Schlüssel aus der Tasche, ein Bund von

Welten. Der Schlüssel, der zu der Wohnung in der Stadt amFluss gehört, den sie nie abgegeben hat, obwohl sie dort längst nicht mehr wohnt. Der für die Tür zu unseren Zimmern oben im großen Haus in der kleinen Stadt und die beiden bis auf zwei Zacken im Bart gleichen Schlüssel, die zum Haus ihrer Eltern gehören, auch die noch da. Hier nun der fünfte Schlüssel, der neuste am Bund, der, der glänzt, der zum Tor, zum Garten, zum Berg, zum Haus, zum Fluss, zur Bude.

Der grüne Lack auf der Klinke blättert in zackigen Partikeln. Das Verwittern macht den Lack den Wiesenzacken gleich, durch die Kato nun auf den Pfad schreitet, vorbei an schief gewordenen Terrassenplatten vor dem verfallenen Haus, in kürzer werdenden Schritten den Hang abwärts, während sich von links und rechts das Gebüsch zu schließen versucht über dem Weg, als wolle es in letzter Minute vereiteln, dass sie die Bude erreicht.

Kato rutscht und bleibt immer wieder an den Dornen der Schlehen hängen, deren Äste oder Arme oder Ausläufer an den bloßen Beinen, der Jacke, der Haut reißen.

– Wo bist du?

Anscheinend war ich fast bis zum Fluss hinuntergegangen, während Kato den Weg zur Bude zurücklegte. Kato, ich seh es genau, guckt ins Licht und überlegt, sich selbst ein kleines Märchen zu erzählen, um die Zeit zu überbrücken, bis ich wiederkomme. Um mir dann zu erzählen, was erzählt werden muss. Das mit dem See.

07

Ein kleines Märchen geht so: Ein Fischer lebte in einer Hütte nahe dem Fluss Goma. Vor und neben dem Haus hingen seine Netze im Sonnenschein. In dem Haus hing ein Bild seiner Frau, ihr Portrait war das Einzige, was dem Fischer geblieben war von ihr. Und das gemeinsame Kind, ein Sohn, kräftig wie sein Vater, bernsteinäugig wie seine Mutter. Als der Fischer eines Abends im letzten Licht des Tages saß und seine Netze zählte, kam ein Fuchs aus der Hecke und setzte sich zu seinen Füßen. Fischer, sprach der Fuchs, kennst du mich noch? Der Fischer blickte dem Fuchs in die Augen und musste verneinen. Fischer, sagte der Fuchs, schau genau hin, erkennst du mich nicht? Ich bin deine Frau.

Da das Märchen so klein ist und Kato wohl meine Schritte hinter der gelb leuchtenden Forsythie neben der Bude hört, ist es hier zu Ende.

– Kato.

– Mirren?

– Na?

Das mit dem Luftholen ist nicht einfach nach dem Aufstieg, und so kann mich Kato noch ein paar Augenblicke betrachten, mit Lächeln, noch länger, die Augen im Gespräch, bevor wir zu sprechen beginnen. Und uns erzählen. Dass der Rotwein dieser Gegend schon immer zu sehr nach Weißwein geschmeckt hat und dass der See nicht mehr da ist.

Katos Blick auf den Boden, als ob auf den geriffelten Holzplanken geschrieben stünde, was eigentlich passiert ist, ob sich die Noten fürs Seeverklingen auf die Linien dort setzen könnten.

– Er ist einfach weg, Mirren. Trocken, es ist einfach nur noch eine trockene Senke dort.

Als wir in der kleinen Stadt ankamen, hatten wir begonnen, den See zu beschwimmen, zu betauchen, unsere Hängematten in den Weiden am Ufer aufzuspannen und uns mit ihm zu beschäftigen. Ich hatte angefangen, Pflanzen zu sammeln und in einem Aquarium in der Küche den Wasserlebensraum nachzubilden. Laichkraut, Tausendblatt, Wasserpest, dazu die Erbsenmuscheln, Posthornschnecken, Teichmuscheln, Spitzschlammschnecken, alles, was an diesen langen Wassernachmittagen auf uns zukam, trug ich nach Hause, um den Seealtar in der Küche zu bestücken. Am liebsten mochte ich die im Nassen goldglänzenden Malermuscheln. Die flache Teichmuschel mit den braungelben Runzeln bekam sogar Kinder. Oder Junge. Oder wie man das nennt, bei Muscheln.

– Muschellarven, weißt du doch.

Sie wuchs nach. Das meiste aber hielt nicht lang durch. Ich weiß nicht mehr, was aus dem Aquarium wurde. Kato weiß es auch nicht. Wir hatten uns eine lange Zeit nicht gesehen. Nun ist Kato wieder hier, in unserer Bude, und meint, dass es zu reden gäbe, der See, er sei nicht mehr, unser See, er sei weg.

Wir sitzen auf dem Rand der Terrasse, die Füße im Bodenlosen über dem Hang, und die vom Tag noch sonnenwarmen grauen Holzplanken schneiden in die Unterseite unserer Oberschenkel. Es ist kein Zufall, dass die Terrasse einem Steg ähnelt, aus genau dem Holz gebaut, das in den Marinas der Welt den Weg vom Festland aufs Wasser bereitet, kannelierte Bretter, auf denen sicher Stehen ist. Mit Blick auf die Ebene, den Fluss, die Weinberge erinnern wir uns in langsamen Sätzen. Erst an den einen See. Dann an die anderen. Dann an uns.

Zwei Körper, die sich oft und auf bestimmte Weise nahe sind, nähern sich einander an in ihrer Dichte. Wie Lösungen verschiedener Konzentration, die ineinander geschüttet werden. Der eine Körper geht in die Erfahrung des anderen über, der wiederum passt sich an. Weiches Umfassen macht weich. Muskeln können im Umarmen wachsen.

Kato glaubte immer fest an diese Theorie, mit uns war es so geschehen, als wir unsere Zeit hatten. Ich war schwer, wurde ein wenig leichter an ihr. Und sie bekam etwas von meiner Kraft. Kato glaubte daran, dass diese Erfahrung uns beide betraf, und ich glaubte daran, dass diese Erfahrung nicht nur menschliche Körper betrifft.

Buch und Bach. Alles, was sie ist, sagte sie einmal, könne sie auf eines dieser beiden Bs zurückführen. Hier verstanden wir uns und sahen uns an, an den Abenden meist erzählten wir uns unsere Flüsse, sagten uns mit unseren Bachläufen Gutnacht, lasen uns aus den Flüssigkeiten vor und spiegelten uns in unseren Pfützen. Wenn das Katokind nicht las, erzählte sie mir, stand es barfuß oder in Kindergummistiefeln im Lauf des Wassers, das die Grenze zwischen dem Grundstück ihrer Eltern und ihrer Großeltern war. Eine fließende Grenze im Grün, zwischen Hühnerstall, Kohlenkeller, Kurzrasen, Apfelbäumen, dem Nutzgarten ihrer Großeltern und dem aufwendig präparierten Blumengarten ihrer Eltern. Auf der einen Seite der Misthaufen. Auf der anderen Farbgestaltung, Kräuter und Gemüse nur, wenn es schön aussah. Es gab eine kleine Holzbrücke mit wackeligem Handlauf über den Bach, neben der auch drei Stufen ins Wasser führten, wobei dort das Bachbett so ausgewaschen und tief war, dass es unweigerlich in Katos Kindergummistiefel schwappte.

Sie wusste alles über den Bach. Wo die Wasserlinie gerade noch so niedrig war, dass sie trockenen Fußes durchkam. Wo die Sedimentablagerungen so weich waren, dass sie einsank. Der weiche Schlamm, die Ufergräser, die Weidenzweige, die als raschelnd fedrige Verbindungshaare von einem Ufer zum nächsten wuchsen. Die Betonröhren, die einen begehbaren Tunnel unter der Straße bildeten, ihr Echo, voll unheimlich. Wo die Forellen standen (unter der Brücke, am Rand, im alten Autoreifen), und wo am Tennisplatz die Bälle im Wasser landeten und einzustecken waren. Wo die Winterlinge standen und die Schlüsselblumen. Wie süß die Enden der Taubnesselblüten am Bachrand schmeckten. Und wo der knorrige Holunder so stand, dass man durch eine harte Zweighöhle kriechen musste.

Das Bachreich hatte natürliche Grenzen. Dort, wo er aus der Erde kam, aus einer kleinen unbegehbaren Röhre gegenüber der Ziegelei. Und dort, wo er sich am Freibad und am Ententeich entlang in einer anderen großen Betonröhre im Dorf verlor, wo er zwar immer wieder auftauchte (hinter der Kirche, neben dem Gemeindehaus, beim Kuhbauern), aber nicht mehr in Katos Revier floss.

Ihr Bach war ein Kilometer der Welt. Sie hatte ihn verstanden. Sie wusste ihn und hatte mir alles erzählt. Und hier beginnt mein Märchen von Kato.

Vor der Bude sinkt langsam die Sonne. Vor unseren Füßen, links an der Böschung, liegt ein alter Weihnachtsbaum, der seine Farbe verloren hat. Von der Zeit bestaubt liegt er dort, an seine Spitze hat jemand, vielleicht ich, ein angesplittertes Weinbergschneckenhaus gesteckt.

Einmal, sagt Kato, bin ich an einem Sommertag durch den Garten meiner Eltern gegangen und habe eine große Weinbergschnecke gesehen. Diese langsamen Wohnmobile sind immer zuhauf im Garten unterwegs gewesen, unterm Rhabarber, auf den Trockenmauern, in den Hangbeeten unter dem Walnussbaum. Diese Schnecke hatte sich auf ihrer glitzernden Spur einen Weg ins Zimbelkraut gebahnt. Und sie war nummeriert. Auf ihrem Kalkhaus trug sie eine mit Filzstift gemalte Sechzehn. Ich bin ins Haus, hab meine Mutter gesucht, Mama, in unserem Garten ist eine nummerierte Schnecke. Da hat sie stolz eine Liste aus ihren Papieren auf dem Küchentisch gekramt und sagte: Ja, die sind alle nummeriert, hier, so kann ich zählen, wie viele Weinbergschnecken im Garten sind.

Meine Mutter, sagt Kato, hatte für alles Listen. In welcher Ecke des Gartens sie an welchem Tag in der Woche was machen muss.

Ich möchte sie nicht daran erinnern, aber Kato hatte auch Listen, zwar nicht für die Dinge, die zu tun waren, sondern für die Dinge, die getan waren. Ich hatte es ihr irgendwann gesagt: Schreib doch mal all die Bücher auf, die du gelesen hat. Schreib auf, welche Ausstellungen du gesehen hast. An welchen Orten du warst, in welchen Wassern du geschwommen bist.

– Weißt du, Mirren, die einzigen Listen, die ich je geschrieben habe in dieser Hinsicht, waren Listen von Dingen, die ich gegessen habe.

Ich hatte diese Listen sogar mal gefunden, sie hatte sie Sissi-Listen genannt, nach der dünnen Elisabeth von Österreich.

Aber Kato fing tatsächlich an. Romantitel zu notieren. Eine kleine Landkarte mit Punkten zu versehen. Dinge, die getan waren, gelesen, gespürt. Sie führte eine Liste der lautesten Insekten und eine der bittersten Kräuter. Eine Liste des schönsten Lichts. Ich nahm mir immer wieder vor, eine Liste ihrer Listen zu schreiben. Doch welche sah ich? Welche nicht?

Kato suchte, sobald sie die Bude erreichte, immer den Blick in die Muschel. Sie hatte sie in der Tasche ihres Mantels gefunden, als sie zum ersten Mal an der halb verfallenen Hütte ankam, sie hatte immer kleine Dinge in der Tasche, an denen sie sich festhielt und die sie befühlte, während sie sich unterhielt, während sie ging, während sie in der Bahn saß. Deshalb steckte sie auch ständig Funde ein. Irgendjemand, der sich sehr für andere Menschen interessierte und einen Beruf daraus gemacht hatte, erzählte Kato einmal, wie sie es machen müsse: für jeden guten Moment am Tag einen Gegenstand von der rechten in die linke Tasche wandern lassen und am Abend das Glück zählen. Ach was, hatte sie pariert, das Glück, das sind doch schon die kleinen Dinge in der Tasche.

Diese Muschel der Bude jedenfalls war halb und klein, eine der Teichmuscheln aus dem See. Eine halbe Malermuschel, Unio pictorum, die ihren Namen daher hatte, dass in ihren Schalen früher Wasserfarben gemischt und aufbewahrt wurden. Schon im Mittelalter hatte man das wohl getan. Kato fand den Gedanken seltsam, dass in dem Inneren des Tieres, das aus dem Wasser kam, das eigentlich Lebendige, das verschwunden war, ersetzt wurde durch buntes Wasser.

Sie hatte mich einmal dazu gebracht, meine Farben in den Schalen anzurühren. Zwölf hatte sie gesammelt und aufgereiht, von Hellgelb bis Tiefschwarz wurde die Palette, am schönsten auf dem Perlmutt des Muschelinneren sahen das Rosa und das Nachtblau aus. Grün war auch hübsch. Der braune Rand. Der weiße Grund. Wie farbige Augen, die von Kindern gemalt waren, lagen die Muscheln im Atelier. Ich ließ das Wasser verdunsten und legte die trockenen

Schalen mit dem Farbfilm in eine Ecke. Aus der Räumrotation meines Ateliers heraus müssen sie wohl im Müll gelandet sein.

Katos halbe Manteltaschenmuschel aber war nicht verschwunden. Sie hatte sie am ersten Tag mit der Bude in einen Holzspalt zwischen die Terrassenbalken geklemmt, wo sie seitdem bei jedem Besuch von ihr begrüßt wurde.

Das Licht verschwindet, die Kühle kommt, unsere Weinbergschnecken, auch hier, unterwegs in ihren Kalkhäuschen, unzählbar.

Spinnenatem

In der ersten Woche war die Bude noch keine Bude, sondern eine Hütte. Man musste einen großen Teil des Hangs hinunterstolpern, die Bretter und Handläufe, die einmal den Weg sichern sollten, waren mit der Zeit Hindernisse geworden, die Zweige der Büsche verhakten sich oben in den Haaren, während unten die Wurzeln und Strauchableger ihre Fallen auslegten, sagten: Komm mir ja nicht nahe. Die Wegwidrigkeit sprach zu Händen und Füßen und glücklicherweise hatten wir Sonnenbrillen auf, die zurückschlagenden Zweige machten nur ein paar Striemen im Gesicht. Kato hatte einen Ratscher am Hals, als wir am ersten Gebäude ankamen.

– Das nennst du Gebäude?

Ein Schuppen lag dort linkerhand, der drei versperrte Türen hatte, von denen wir kurze Zeit später wussten, sie führten zum Holzverschlag, zum Gerätekabuff und zu einer kleinen rosa Toilette, durch die mindestens ein Jahrzehnt kein Wasser geflossen war. Spinnweben, dichte schmutzige Tücher bewegten sich in den Räumen, verdickte weiße Stellen immer dort, wo ein Stück Beute eingesponnen worden war. So alt war das alles, dass wir keine lebendige Spinne sahen. Nur trockene Spinnenleichen und Insektenhülsen bewegte der Luftzug der geöffneten Türen. Selbst das marmorierte Wespennest war lang schon leeres Papiergewölle, grau und schön hing es am Deckenrand des Holzverschlags. Bereit, von der Natur übernommen zu werden. Die Büsche und Brombeerranken hatten schon angefangen, den Schuppen zu verdauen, hatten die Holzpaneele auseinandergeschoben, hatten sich nach innen getastet voller Vertrauen in die sonnige Zukunft, wenn das Schuppendach eines windigen Tages über seine Seitenwände stürzen würde.

An dieser saumseligen Sprengung rechts vorbei tat sich ein kleines Plateau auf, hier war wilde Wiese, und hier würde im Sommer alles hochstehen, was jetzt als vertrocknete Stecken vom letzten Jahr übrig geblieben war. Disteln
konnte ich erkennen, Zittergras und Trespen, dazwischen schlugen Sträucher aus, und aus dem Ilex kamen schon die gelben Blütenballen, blaue Perlhyazinthen schoben sich mit ihren unanständigen Stängeln überall aus dem Boden, und am Rand stand ein riesiger Rosmarin, der größte, den ich je gesehen hatte.

– Da hat es sich jemand schön gemacht.

Kato ging voran und das Erste, was uns auffiel, war die robuste Terrasse. Ein Steg ins Hangmeer lag vor uns, die Holzhütte dahinter. Hütte 1876, die Nummer war auf Messingplättchen an die Wand genagelt und das Einzige, was hier glänzte. Zwischen den braun getünchten Holzpaneelen hatte sich Staub abgelegt, Spinnweben an den

Fenstern, die zumindest heil waren, ein Fliegengitter baumelte von einer Ecke des Rahmens. Zwei große Fenster wiesen auf die Terrasse hinaus, daneben war die Tür. Der Schlüssel mit der gelben Markierung „Bungalow“ passte, und sie öffnete sich nach außen. Der Budengeruch war sofort da. Nicht muffig, eher wie mit Luft versetzter Staub. Atmeten Insekten eigentlich?

– Das weißt du doch. Ohne Lunge, die haben diese Schlitze und diese Kanäle, Tracheen heißen die …

Kato betonte die beiden Es mit einem schönen Stolperer in der Mitte, das konnte ich mir merken.

– Und da strömt Sauerstoff rein und Kohlendioxid raus, also nicht reines, aber klar, das ist Atmen.

Ein Jahrzehnt Spinnenatem also schlug uns entgegen, und das roch nach, ja, es war sofort da für Kato: nach schwedischem Sommer, dänischem Kiefernholzferienhaus, polnischer Datsche, holländischer Strandhütte, ostisländischem Kircheneingang, duftete nach allen Orten auf einmal, an denen sie Ferien gemacht und als Kind nachts wach gelegen hatte, um den Spinnen beim Atmen zuzuhören.

Meine Erinnerung war eine andere. Ich hatte nie Ferien gemacht als Kind in Dänemark oder Schweden, ach was, Island. Wir sind manchmal an die Ostsee gefahren, glaube ich, ich hatte alles vergessen und wollte das so. Das Wir gab es nicht mehr. Meine Erinnerung sollte eine Zukunft sein. Oder zumindest eine Erinnerung, die ich mir selbst geben konnte, die ich in Büchern gelesen, die ich auf Bildern gesehen hatte. In meiner Erinnerung sollte sich für immer ein weißes Leinentuch als Sonnensegel unter dem durchsichtigen Wellplastik der Terrasse spannen, es sollte heiß und luftig zugleich sein, darunter ein Tisch, ein rotes Sofa, Stühle mit weiß lackierten Eisengestellen, und aus dem sommergewärmten Haus sollte ein Geruch nach uraltem Dasein und Wissen kommen und tausend Stimmen aus aufgeschlagenen Büchern.

– Kato. Erzähl mir eines deiner Märchen, bitte, schnell.

Und das kleine tröstende Märchen ging so.

Es war einmal eine Füchsin, die wohnte unter einer großen Eiche. Sie teilte den Bau mit einem Dachs und einer Wildgans. Eines Tages kam ein Soldat an der Eiche vorbei und wunderte sich, als er die Tiere einträchtig vor ihren Eingängen sitzen sah. Sag Füchsin, hast du keinen Hunger auf die Gans? Oh doch, sagte die Füchsin, jeden Tag. Und du, Gans, hast du keine Angst vor der Füchsin? Oh doch, sagte die Gans, jeden Tag. Und Dachs, was machst du in diesem Bau? Ich bin der, der da sein muss. Ich sammle den Hunger und sammle die Angst, jeden Tag, und ich vergrabe sie.

Und da dies nur ein kleines Märchen war und ich nur ein bisschen Trost brauchte, war es hier schon zu Ende.

Die Tür der Hütte ging nach außen auf, und als der erste Schock des Geruchs uns ein klein wenig verändert hatte, gingen wir neugierig hinein. Erst Kato, dann ich, während der Hunger und die Angst draußen blieben. Die Spinnweben waren auch hier atemberaubende Segel, die ins Wehen kamen und die Räume zum Leben erweckten. Drei Räume, ein großer links, in dem ein Sofa, ein Regal und ein Schrank standen, eine kleine Küche gleich gegenüber der Eingangstür, und ein Zimmer rechts, in dem ein Doppelbettkasten mit zwei Schaumstoffmatratzen voller Fliegenleichen stand. Alles schien zweimal vorhanden, die Matratzenkerne, die weißen Plastikstühle, die spirreligen Küchenstühle, selbst das Sofa ein Zweisitzer. Zwei Tische gab es, zwei Schränkchen. Wer hat von meinem Tellerchen gegessen.

Es ist seltsam, in ein fremdes Haus einzudringen, auch wenn es wie dieses lange nicht bewohnt wurde. Die Dinge darin sind laut. Die Abziehbildchen knacken sich ins Gedächtnis, die Prilblumen der anderen, Fix und Foxi mit abgeblätterten Ohren. Das Schränkchen auf dem Küchenboden war mit Wachstuch benagelt, auf dem tummelten sich Entchen in blauweißem Karoambiente. Was sie wohl bewachten?

– Mirren, schau mal.

Kato hatte das Schränkchen geöffnet und wir blickten auf Porzellan mit dunkelblauem Vergissmeinnichtdekor.

– Das behalten wir.

Wir würden später als Erstes dunklen süßen Port aus

den kleinen Tassen nippen. Was wir noch daraus tranken: schwarzen Tee mit Milch, Milch, Weißwein, Rotwein, aufgegossene Kräuter, Wasser. In dieser Reihenfolge.

Was wir noch fanden, waren zwei billige Blechtöpfe mit dünnen Wänden und wackeligen Kunststoffgriffen. Außerdem ein paar Sektgläser, klebrig, und fünf Schnapsstamperl, schmutzig. Der ehemalige Herr der Hütte hatte eine Kochplatte installiert und ein undurchschaubares Wassersystem gebaut. Strom hatte der Ort, Wasser nicht, nur das, was sich in den Zisternen sammelte oder in den Regenwassertonnen unter den Dachrinnen. Ich ging rund um das Haus und versuchte zu verstehen, wie der Mann sich mit Wasser versorgt hatte. Aber ich kam nie zu einem sinnvollen Ende. Ich würde mir etwas ausdenken müssen, doch zunächst blieb, das Vorhandene zu nutzen, irgendetwas zusammenzustecken und zu überlegen, wie viel Wasser wo zu fangen sein könnte. Das Dach war glücklicherweise heil, zumindest von oben – von unten hatten sich vermutlich Waschbären durch die Verschalung geboxt, um ein Quartier zu suchen, und dabei einigen Schaden angerichtet. Verspleißte Holzbretter lagen in Stücken unter dem First, aber es würde kein Problem sein, ein paar Bretter, die ich im Holzverschlag gefunden hatte, gegen die Löcher zu nageln.

Die Hütte war verkommen, sie lag seit über zehn Jahren im Schlaf. Trotzdem oder gerade deshalb war sie genau unsere Bude. Wir wussten es sofort. Sie war ein Boot, ein

Schiff, ein schlafender Ort, im wilden Wuchs, ein Teil davon, ein Raum für uns. In dem wir lebendig sein würden.

Jetzt sitzen wir hier auf der Terrasse, die Sonne geht unter und es ist Zeit, vom See zu erzählen.

– Weißt du, Mirren, ich bin wirklich lange nicht dort gewesen. Vor sechs Wochen aber war mir so nach Wasser, und da dachte ich: Ich geh zum See.

Kato erzählt, wie sie das Fahrrad rausgeholt, sich durch die Stadt geschlängelt, den Weg am Fluss entlang genommen hat und an der Stelle nach der Brücke in das Naturschutzgebiet abgebogen war. Nur wenige Leute waren unterwegs, ein paar Jogger, ein paar Leute, die von ihren Hunden ausgeführt wurden. Nach einem kurzen Weg durch eine Gartenkolonie musste sie rechts über eine zweite Brücke, dann immer geradeaus durch die Gräser, und dann hätten links die Schwemmwiesen beginnen müssen und rechts der See. Die Wiesen waren da. Der See nicht.

– Nur eine verdammte tote Senke. Ich hab gedacht, ich seh nicht richtig oder ich hab mich verfahren, ich hab wirklich gesucht.

Die Stelle, an der die Angler gern standen, war ein kleiner trockener Hang geworden. Der Kies und die Erde hatten etwas Gras angesetzt, und je weiter Kato in die Mitte schaute, desto weniger See war da. Ehemalige Wasserpflanzen, die jetzt borstiges Unkraut waren. Der elegante Tannenwedel war zu Spülbürsten getrocknet. Ein Haufen Heu, nur am Rand stand ausgeblichen tot und trotzig das Schilf und raschelte sein eigenes Echo.

– Bist du reingegangen? In die Senke, meine ich?

– Ich hab mich nicht getraut. Meine Füße haben sich nicht getraut. Mein Gefühl hat sich nicht getraut.

Kato war fortgeradelt und am anderen Tag wieder hin. Und wieder. Eine Woche lang war sie jeden Tag zum Nichtmehr-See gefahren und hatte am Nichtmehr-Ufer gesessen und an die Schnecken und Muscheln und die kleinen Rotfedern und Putzerfische gedacht, die immer neugierig anschwammen, sobald man im Sommer länger als zehn Minuten im Wasser saß, frech und kitzelnd.

– Und dann bin ich zu dir gefahren, Mirren. Sag mir bitte, wohin all das ist.

Wieso bleiben von den Millionen Sätzen, die wir im Leben hören, nur wenige ein Leben lang wortwörtlich im Gedächtnis? Wieso erinnert man sich aus der ganzen Flut von Empfangenem immer nur an wenige Sätze, jahrelang, jahrzehntelang, meist sogar mit der Stimmlage der Sprechenden?

– Du bist so schön.

Das erste Mal, dass jemand mir den Satz schenkte, ist ungefähr zwanzig Jahre her, und ich weiß noch immer, von wem und mit welcher Begeisterung er mir gesagt wurde.

Oft, wenn ich Kato ansah, musste ich diesen Satz denken und sagen, und ich hoffte, dass er ihr ebenso ins Gedächtnis geschrieben war wie mir. Jetzt gerade denke ich den Satz und sage ihn nicht, weil er noch nicht wieder dran ist, ich muss ihr erst etwas zu dem See sagen und kann es nicht. Kato schaut in das Abendlicht, das vorm Hang steht, und ich erinnere mich, wie ich früher so oft wahrgenommen hatte, was ein Sommertag mit ihr gemacht hatte. Leichte Vanille und etwas, das ganz weich, salzig und rot wie Soljanka roch. Woher die Salznote kam, hatte ich oft versucht zu verfolgen. Woher die ständige Vanille kam, war klar, sie ist eine Bäckerin. Und was für eine. Allein, als sie mir einmal erklärte, wie ein Mürbeteig am besten zuzubereiten ist, wurde ich satt und ruhig.

Von der Kälte oder Wärme, Mirren, von der Temperatur der Hände hängt es ab. Die Butter in kalten Würfeln, der Zucker, das Ei, das Mehl, eine Prise Salz und eine kleine Handvoll gemahlener Mandeln. Samtig weich fühlt sich das Mehl unter den Fingern an, weicher werdend die Butter. Und je wärmer die Finger, desto schneller die Verbindung zwischen den Zutaten. Der Teig braucht Schnelligkeit und eine gewisse Kühle, sonst kippt die Konsistenz ins Klebrige, nicht in die weiche Kugel, die am Ende steht.

Am liebsten, sagte Kato, mag ich es, Eier mit den bloßen Händen zu trennen. Die Schale an einem scharfen Rand aufbrechen, dann mit dem Daumen vorsichtig in die Bruchstelle, um das Ei in zwei Hälften zu teilen. Vorsichtig den Inhalt in die Hand fließen lassen und dann mit den Fingern das Eigelb von seiner klaren Umgebung trennen. Von der einen Hand in die andere, das Eiklar tropfend, das weiche Häutchen des Eigelbs beschützend. Einfach ist das nicht, und weißt du, beschämend, wenn doch das Eigelb plötzlich Schlieren zieht im Klaren. Aber das passiert selten. Meistens halte ich am Ende die kleine Sonne in der Hand.

In der Bude ließ sich nicht backen und erstmal auch nicht kochen.
– Wir müssen alles rausreißen.

Der mit orangebraunen Blumen verzierte PVC-Belag schien nicht, wie im großen Raum, auf verschimmelter Dachpappe aufzuliegen. Sondern direkt auf dem Beton. Als wir den Kunststoff rausrissen, kam gleich die ganze lawede Küchenzeile ins Stürzen und alles flog auseinander. Ich wurde immer wütender auf den Scheißbelag, der teils angeklebt, teils angenagelt war und dessen Unterseite türkisgrün zerbröselte, als ich an ihm riss. Grüner Staub überall, giftig und ungut, ich sah damals in Katos Blick, dass sie daran zweifelte, hier je etwas zum Essen zubereiten zu können. Aber als wir den Staub zusammengefegt hatten, sah alles schon weniger grün und gefährlich, sondern eher interessant aus. Im Betonboden, genau in der Mitte des Raumes, war eine Luke eingelassen.
– Sollen wir die aufmachen?

Der kleine Raum darunter stellte sich als eine Art Kühlkammer heraus, einen Meter tief, anderthalb mal ein Meter breit, in der alte Wasserflaschen lagen.

– Die sekkedieren, sagte Kato.

– Was ist das?

– Das hat mein Vater immer gesagt, wenn er sich ausgeruht hat: Ich sekkediere jetzt mal eine Runde. Ich hab immer gedacht, das ist ein Wort, das es gibt, aber er hat es sich ausgedacht.

Einmal war ich mit Kato in einer kleinen Kneipe neben einem Imkermuseum, draußen war es Herbst und ungemütlich, drinnen gab es den ersten Glühwein, und wir waren so angefüllt vom Tag in Wind und Wetter und so berauscht von uns, dass wir eine vielleicht etwas zu laute Unterhaltung führten, uns auf der Bühne der Welt zu zweit wissend. Der Kellner hörte sich das eine Weile an, kam dann an unseren Tisch und meinte nur: Ihr, was benutzt ihr denn für Wörter, die sind doch alle ausgedacht. Dabei hatte Kato gar nichts von Sekkedieren gesagt.

Die ruhenden Wasserflaschen ließen wir in ihrer kühlen Grube und hatten vor, uns später darum zu kümmern. Wir haben sie vergessen, und nun, während wir im Abendlicht sitzen und ich mich an den Bäckerinnengeruch Katos erinnere, liegen sie immer noch dort und denken sich etwas aus. Ich kann vor lauter Kato nicht überlegen, was mit dem See ist, und Kato kann an nichts anderes denken. Oder doch?

– Kato. Wieso bist du hier? Geht es um den See oder um etwas anderes?

– Der See ist immer etwas anderes.

Ich erinnere mich. Sie nahm mich in den Mund und bewegte sich, bis ich begann, süß zu werden. KatoKato, dein Takt.

Aus der Hütte kamen Schreie. Geschimpfte Schreie oder geschriene Schimpfe, ich hatte gerade angefangen, ein Loch am Hang für die Asbestabfälle auszuheben, als es anfing, und ich wusste, Kato fegte die Räume, aus denen ich die Bodenbeläge gerissen hatte, und die wenigen Insekten machten ihr zu schaffen. Langsame, langbeinige Spinnen, kantige Wanzen, die aus dem Lüftungsrotor der Küche krabbelten, und die kleinen Ameisen, die durch die Wanddämmung ihre Bahnen in die Küche gezogen hatten. Kato hasste Insekten, nicht unbedingt deren Anblick, aber ihre Potenzialität: etwa, ihr in die aufgesteckten Haare zu fliegen, in den Hemdkragen zu krabbeln, überhaupt zu nah an ihren Körper zu kommen. Andererseits musste die Hütte gefegt werden, bevor wir anfangen konnten zu streichen.

Sie sah lustiger aus, als sie sich fühlte, trug einen weißen

Mundschutz, den sie sich selbst genäht hatte, und die alten Handschuhe ihres Vaters. Der Staub, den sie zusammenfegte und der in kleinen, weichen Gebirgen im Zimmer zu liegen kam, so erzählte sie mir später, sah aus wie die Abriebhaufen in der Werkstatt ihres Großvaters. Vor und in dessen Ausputzmaschine, die von einem großen Keilriemen in alle Kinder erschreckende Lautstärke angetrieben wurde, lagen diese Haufen, schwarz, beige, rötlich, der Abrieb der Absätze, die er mit der Maschine passend schliff. Kato mochte die Hände ihres Großvaters, die immer mit Leim und schwarzem Staub verklebt waren. Sie mochte den Klebergeruch in der Werkstatt, der ein wenig benebelte, und sie mochte auf dem Schemel neben ihrem kleinen Großvater sitzen und ihm zuschauen beim Besohlen. Wie man Schuhe mit neuen Absatzflecken versah, lernte Kato schon mit vier Jahren. Sie verbrachte Jahre damit, Nägel unterschiedlichster Dicke (die kleinen silbrigen Stifte, die dunklen dünnen mit dem runden Kopf, die schönen goldenen) in ein Holzbein zu treiben, Absätze anzunageln und wieder abzureißen. Kato war die Beste, wenn es darum ging, Nägel einzuschlagen. Jetzt versuchte sie mit ihren Erinnerungen an die Schusterwerkstatt ihres Großvaters die Abscheu vor den Insektenleichen im Hüttenstaub zu bedecken. Sie klebte einfach einen alten Absatz an den neuen Schuh. Und es ging.

– Mirren, komm her! Hier ist ein Loch.

Aus der tapezierten Innenwand war ein rechteckiges

Stück zu Boden gefallen, etwa so groß wie ein kleiner Topflappen, und gab den Blick frei ins Innere der Wand. Keine Bären lebten dahinter, nicht einmal Mäuse, zwischen die Außenwand und die Innenwand war eine graue Wollmasse gestopft, die hinter dem quadratischen Wandausschnitt noch einmal in einem Rund herausgerupft war. Offensichtlich wollte der Vorbesitzer der Hütte einen Ofen anbringen und war nur bis zur massiven Außenwand gekommen.

– Das ist nicht gut.

– Was, Mirren?

– Das Material.

Dafür musste ich mir etwas ausdenken.

Der Berg vor der Hütte wuchs, damals, als wir sie zu unserer Bude machten. Ein alter Kühlschrank schwedischen Fabrikats, die klebrige Küchenzeile in Orange und Hellgelb, die Schaumstoffmatratzen und die verrostete Kochplatte. Die Matratzen kamen wieder unter das Dach. Der Rest blieb draußen. Während wir die Hütte entrümpelten, zog der Frühling in die Stadt ein. Die Birken gaben gelbe Pollenwolken ab, die durch die Straßen trieben. Kato ging das erste Mal im Jahr mit bloßen Beinen durch die Welt. Sie mochte das, die Luft zum ersten Mal wieder an der Haut spüren und die Temperatur vergessen, nicht zu warm, nicht zu kalt, passgenau.

– Taube, Taube in der Astgabel, wie ist dein Name?

Die Taube auf der Birke vor ihrem Fenster beobachtete sie lang. Ob es immer dieselbe war, blieb fraglich. Kato schrieb gern mit Blick in den Baum, schrieb Listen und kleine Gedichte.

Als dann einer der letzten großen Winterstürme durch die Straße fegte, als alle Welt in Aufruhr war, saßen zwei Tauben einander schützend in den bewegten Zweigen, und als der Frühling kam, war da ein Nest mit zwei Taubenjungen. Der Winkel, aus dem Kato das Nest sah, ließ immer nur die gereckten Schnäbel blitzen, hungrige Doppeldreiecke. Tag für Tag, immer ein wenig höher gereckt, und eines Morgens war das Nest leer. Der Waschbär, sagte ich, auch wenn ich nie einen in unserer Straße gesehen hatte. In der Nacht, sagte Kato, habe sie von einem Waschbären geträumt, der an ihren Beinen emporkletterte, ihre schwarze Strumpfhose zerriss und ihr Taubenjungen aus dem Schritt zog. Am Morgen zog sie keine Strumpfhose mehr an und stieg mit glatten Beinen in den Frühling.

Sie servierte mit ihren bloßen Beinen auf der langsam sich aufklärenden Terrasse mit Blick über das Hangmeer den ersten Kuchen. Gebäck um Gebäck brachte sie jedes Mal aus unserer Küche mit. Der erste war ein Orangenkuchen, ein Rührkuchen mit Joghurt, der fest und feucht war und so golden schmeckte, wie er aussah. Manchmal dachte ich, dass Kato selbst so ein Gebäck sei, ihre Haut wie die Kruste eines ganz hellen Brotes, das Versprechen auf Weichheit, ein wenig rau an den Knien, den Ellenbogen, an den Ansätzen ihrer Hinterbacken. Zart am Rand ihrer Achseln. Ich fragte mich immer, ob unter dieser Haut nicht doch etwas Weißes, Weizenbrotfarbenes fließt. Rotes Blut passte einfach nicht unter diese Kruste.

KatoKato, wie machst du nur diese Kuchen.
– Mit den Händen und mit Hitze.

Schwieriges Obst

In der zweiten Woche versuchte ich die Bäume rund um die Bude zu bestimmen. Ich kam nicht weit, Kiefer, Birke, Buche, Esche, das Übliche, aber ich machte auch zwei Mirabellenbäumchen aus und unheimlich viele Schlehensträucher. Etwas, auf das wir uns freuen konnten.

Als ich sie zum ersten Mal sah, betrachtete sie gerade die Quitten auf einem Gemälde von Frans Snyders. Ein Gemälde, das eigentlich Unmögliches darstellte: Quitten, Pfirsiche, Trauben, Pflaumen, Feigen, Kirschen und Erdbeeren, alle gemalt wie frisch gepflückt. Und doch Früchte, die niemals zusammen reif werden. Eine Allegorie der überirdischen Fülle, vor der stand sie in dem hohen, dunkelrot gestrichenen Raum an der Längswand mit den goldenen Zierleisten, stand vor den Quitten und überlegte, erzählte sie später, wie man sie vor vierhundert Jahren wohl zubereitete. Ich trat hinter sie, und sie musste die plötzliche Wärme meines Körpers gespürt haben, bevor sie meine Stimme hörte.

– Appetitlich.

Sie drehte sich um und ich merkte sofort, dass wir auf einer Augenhöhe waren, auch wenn sie leicht nach oben schauen musste. Sie schaute nur und sprach dann laut den Gedanken zu Ende, den sie gerade gedacht hatte, dass nämlich Quitten ein schwieriges Obst seien.

– Schwieriges Obst.

Sagte sie wirklich. Das Obst, das nicht anzubeißen sei, das man erst zubereiten musste, um es zu essen.

Wie sie denn Quitten zubereite, fragte ich sie.

Die letzten Quitten, sagte sie, die sie geschenkt bekommen hatte, waren fest und leicht, was kein gutes Zeichen war. Sie waren von einem mittleren Gelb, von minderer Qualität, doch in ihrer Form und Farbe hätten sie auf jedem niederländischen Meister Staat gemacht. Vermeer-Quitten, Snyders-Quitten, etwas klein vielleicht. Trotzdem unter der Schale schon etwas braun. Da half auch die halbe Zitrone nichts, deren Saft sie in der Schüssel mit Wasser vermischte und in welches die Quittenstücke gelegt wurden, um der Bräune entgegenzuwirken, die zwangsläufig und binnen Sekunden erscheint, wenn der Quittensaft mit Sauerstoff reagiert. Sobald man eine Quitte aufschneidet und ihr im besten Fall apfelweißes Fleisch entblößt, will es sich vor Scham bräunen.

– Sieht nicht auch ein Körper, je weißer seine Haut ist, umso nackter aus? Das nackteste Wesen, erzählte sie, das sie je gesehen hatte, war die alte Vivienne Westwood auf einer Fotografie. Von einem vollkommenen Weiß. Selbst die Brüste, die Spitzen, sie hatten keinen Anflug von Rosa, sie waren weiß und unsichtbar, nur durch ihre Form auszumachen. Ein nackteres Wesen gab es nicht. Quittenweiß.

Die Quitten also, die sie geschenkt bekam, die von minderer Qualität, waren aber doch noch zuzubereiten, dufteten, wie sie erzählte, nach ihrer süßen Säuerlichkeit, und sie hatte sie trotz ihrer schon recht fortgeschrittenen Bräune in Spalten geschnitten und zusammen mit viel braunem Zucker und einer ausgekratzten Vanilleschote, Mark genau wie Schote, in eine Kupferkasserolle auf den Herd gesetzt. Wenn sie schon nicht mehr ganz frisch schmecken würden, wenn sie also schon eher herb und etwas trocken in der Konsistenz sein sollten, so kann man sich bei Quitten doch immer auf den Duft verlassen, der selbst aus letzten Herbstüberläufern herauszuholen ist. Es dauert nicht lange, bis aus dem dezenten Geruch der frisch aufgeschnittenen Quitten und der leichten Vanillenote durch die Hitze der Gasflamme ein schweres, süßes Aroma wird. Ein Geruch, der dieser Frau, wie ich damals ahnte und heute weiß, immer schon im Nacken saß, Vanille und karamellisierende Frucht.

– Wenn die Flüssigkeit auf einen rötlichen dicken Sirup eingekocht ist, kann man die Flamme herunterdrehen.

– Und dann?

– Nimmt man einen Löffel.

Als ich sie später an dem Tag, es war fast Abend, in ihre Wohnung begleiten durfte, konnte ich beobachten, wie sie einen Löffel von den kleinen, weichen Spalten in ein kleines Porzellanschälchen gab, in dem sie vorher etwas Crème fraîche angerührt hatte. Der rotbraune Sirup mit seinen schwarzen Vanillemarkpunkten konnte sich auf dem weißen Bett verteilen, die Spalten konnten tief einsinken.

So lernten wir uns kennen, sofort.

Ihre Wohnung bedurfte einer Erklärung. Sie war ein sonderbarer Raum, der den ganzen hohen Dachboden eines Jugendstilhauses in der Kasteelstraat einnahm und die Hälfte der Etage darunter, die ein einziges großes Badezimmer mit einem grauen Marmorkamin war. Eine weiße Küchenfestung. Der Dachboden war weiß getüncht und hatte drei große Kippfenster, wenn ich mich auf die Zehenspitzen stellte, konnte ich gerade so die beiden großen Quadrigen sehen, die mit ihren geflügelten Pferden auf dem Museum der Schönen Künste thronten.

Einige Stunden später lagen die Quadrigen im Dunkeln, die Fenster führten ins Schwarze. Und ich wachte auf. Wo war sie? Die Nässe war noch nicht getrocknet, ich merkte es, während sich der alte Teppich, das im Verglimmen begriffene Feuer, die Herdzeile, der schwere Samtvorhang, das hohe Regal mit den Gewürzdosen und Muskatnussbeutelchen, die grünen Weingläser und weißen Wassergläser, die eingekochten Marmeladen, die eingelegten Früchte, die übereinander an die Wand gehängten kupfernen Backformen und Töpfe, die Einmachgläser, aus denen Kochlöffel und Saucenkellen, Backpinsel und Tortenspatel ragten, während sich also ihre Küche und an der anderen Seite die Weinkisten, in die sie ihre Bücher sortiert hatte, der unordentliche dunkle Sekretärschrank mit den vielen Schubladen, die Papierstapel und Stifthalden und mittendrin der rotbraun gemusterte alte Kelim und die beiden Matratzen und die vielen Kissen, der Mittelpunkt, das Zentrum, während sich also ihr ganzes Reich um mich herum wieder zusammensetzte, fragte ich mich: Wo? Und blickte noch nicht wieder angekommen aus dem Schlaf um mich.

Der Raum war nicht mehr weiß, so wie es tags seine Farbe war, weiße Wände, die hoch oben ein Dreieck bildeten, das Dachbodendreieck des Hauses, in dem sie sich eingerichtet hatte. Die Wände also weiß, und die drei großen Dachluken mit Fenstern ausgestattet, für das Licht, das sie tagsüber brauchte und die Sicht ins Blau oder Grau oder Dunkel und auf die Witterung. Als ich hochsah zu den Fenstern, sah ich Gefrorenes, das auf den Rändern der Morgendämmerung lag. Es hatte geschneit. Schnee, und die Stadt wird heller, ihr Reich dunkler. Aber wo in dem heller werdenden Netz der Stadt war sie? Dass sie rausgegangen sein musste, sah ich daran, dass ihr Pelz nicht mehr da war, den sie auf den Boden geworfen hatte, sofort nachdem wir die Treppen hochgestiegen waren und sie die Glastür aufgeschlossen hatte. Die Tür war eigentlich wohl eine alte Schranktür, und sie war nicht immer hier gewesen, nicht, als das Haus vor hundert Jahren noch von einem jüdischen Verleger und seiner Familie bewohnt wurde. Jetzt wohnte im Rest des Hauses ein Maler mit seiner jüngeren Frau und ihren drei Kindern. Die lange Treppe führte an ihren Zimmern vorbei, hier und da ein paar Schuhe, eine Schale mit Obst auf einem Tischchen. Die Glastür war ein Portal in Katos sonderbare Welt aus alten Dingen und Mustern. Ich erinnere mich, wie seltsam, aber auch behaglich es war, in ihrer Wunderkammer zu liegen, und wie ich nicht beleidigt war, als sie mich ihr schönes Schweres nannte, sondern gleich wusste, das war ihre Auszeichnung für mich.

Ihr schönes Schweres. Als würde ich ihr gehören.

Ich mochte das, wenn ich es nicht zu Ende dachte.

Ich schaute auf ihr Topfsammelsurium und fragte mich, ob ich es richtig verstanden hatte – dass sie ihr Geld damit verdiente, Essen nachzukochen, das auf alten Gemälden zu sehen war, dass sie Stillleben in echt arrangierte und lange Tafeln anrichtete nach Vorbildern in der Kunst.

Jetzt, als ich Kato ansehe, wie sie neben mir im Abendlicht sitzt, legen sich unsere Zeiten übereinander, und mir wird klar, dass alles eins ergibt. Die Zeit in der Stadt im Ausland, in der wir uns kennenlernten, die Zeit in der Stadt im Inland, in der meine Sprache gesprochen wurde und in der wir unseren See vermaßen. Die Zeit, in der die Hütte zur Bude wurde, und schließlich der Moment nun, in dem wir uns nach einer langen Pause voneinander wiederfinden an unserem Ort hoch über dem Fluss. Nachdem sie mich abgelenkt und zu sich gelenkt hat, kann ich wieder denken und denke an den Nichtmehr-See.

– Seen können nicht einfach verschwinden, Kato.

Früher hätten wir im Internet nachschauen können. Jetzt müssen wir einen anderen Weg suchen, um zu recherchieren. Wir müssen wohl nachdenken.

– Wie sah die Senke aus, wie lang ist das Wasser schon weg, kannst du's schätzen?

Eigentlich gibt es nur zwei Erklärungen, die mir einfallen, eine langsame und eine schnelle. Die schnelle ist eine geologische, die langsame eine klimatische. Beides ist möglich. Hatte sich die Erde bewegt und dem See seinen Stöpsel gezogen? Oder war das Wasser verschwunden, weil die Felder ringsum zu sehr bewässert wurden, weil es eh immer wärmer wurde und die Pegel von Jahr zu Jahr niedriger?

Wann sind wir das letzte Mal zusammen am See gewesen? Es muss in einem November gewesen sein, als wir tatsächlich bis in den kalten Herbst hinein baden gingen. Am 30. Oktober das letzte Mal, ohne wirklich zu frieren, alles Novembrige lief dann schon unter Eisbaden, und dann kam der Husten.

– Wann warst du das letzte Mal am See, als er noch See war?

– Das war mit dir zusammen, Mirren, weißt du noch, wir haben gebadet und ihn dann über den Winter vergessen.

Wir schweigen eine Weile, um nicht über das Vergessen zu reden. Dann nimmt Kato meine Hand, schnell und fest.

– Der See ist verschwunden, weil wir verschwunden sind. Vielleicht ist es egal, wie er weggelaufen ist. Vielleicht müssen wir uns überlegen, wie er wiederkommt.

Nach der ersten Nacht zusammen in ihrer Dachbodenküche konnte ich nicht mehr zurück. Ich merkte es, als ich die Treppe hinunterstieg, als ich versuchte, mich ganz leise auf die Stufen fallen zu lassen, die Schuhe in der Hand, die Socken ein bisschen rutschig auf den hellgrau lackierten Holzbrettern, auf dem Steinfußboden unten angelangt, Schuhe an, die Tür in die Stadt auf, der Morgenschnee noch ganz flaumig mit wenigen Autospuren. Sie war in der Nacht nur auf das kleine Dach vor dem Badezimmer gegangen, um eine Zigarette zu rauchen. Als sie wiederkam, waren ihre Finger kalt, ihre Haare flockenfeucht, ihre Brüste warm an meinem Rücken. Wir hatten noch zwei Stunden, bis der Tag kam und ich aufstehen musste. Als ich die Tür hinter mir zuzog und die Kapuze über den Kopf, den Schal um den Hals band und rechts Richtung Lambermontplaats ging, war ich mir sicher, dass sie es ist.

Das Hallenbad. Damals hatte ich diesen Nebenjob zweimal in der Woche als Schwimmaufsicht. Es war eine alte Klitsche aus den Siebzigern, dominierende Töne Orange und Braun, was sich mit dem Wasserblau empfindlich biss, zwei Hallen, eine große mit 50-Meter-Bahnen und eine kleine, in deren tiefer Sprunggrube sich drei Türme und ein Brett spiegelten. Mein Badezeug und die Schlappen, das rote Shirt und die Kappe hatte ich dort im Schrank. Montagsschicht mit David und Liv, die beiden waren schon da, Kaffee in der Hand, sie grüßten mit einer dritten Tasse. Noch benommen, kaum Schlaf, all das Neue, die Gerüche, Katos Körper steckte mir noch in den Fingerspitzen, und ich duschte sie mir nur ungern aus den Haaren. Während

das Wasser auf mich floss, stieg im Nebel ein Bild nach dem anderen aus der Nacht auf, und diese Blitze blieben um mich, den ganzen chlorigen Vormittag lang.

Ich saß auf dem weißen Plastikstuhl in der Hallenecke und schaute auf die Schwimmer. Auf der Sportbahn waren die Badekappenfrauen, die mit den Sportutensilien und die schnellen Senioren. Die restlichen Bahnen wurden nicht unbedingt als Bahnen genutzt, kleines Chaos herrschte, in das aber nicht eingegriffen werden musste, schwatzende Frauen schneckten nebeneinanderher, ein schlechtgelaunter Alter mit Neonkappe wich kreuz und quer kraulend den Grüppchen aus, ein Vater versuchte, seiner Tochter den Kopfsprung vom Startblock beizubringen.

Den Zehner hatte ich hier noch nicht probiert, das

Fünfmeterbrett auch schon lange nicht mehr. Den Dreier war ich das letzte Mal für meine Rettungsschwimmprüfung hinuntergesprungen, überhaupt mochte ich das Springen nicht unbedingt, das Tauchen umso mehr. Unter Wasser war ich in Sicherheit, in einer Stille, die meine war. Kato schlief, wie ich später wusste, mit einer Schlafbrille und mit weichen orangefarbenen Ohrstöpseln. Unterwasserschlaf, ich wusste genau, was sie meinte.

Kato hatte mir vorm Weggehen noch erzählt, dass sie an dem Morgen ihre Quittenexperimente weiterführen musste. Beim Arrangieren der Stillleben war es nicht einfach mit der Beschaffung der Früchte und der Teller und Schüsseln, der Tischdecken oder Gabeln getan. Sie musste mit Gerüchen arbeiten, zu ihrem Angebotspaket gehörte die Zubereitung der Lebensmittel nach der Aufnahme des Bilds. Das war es ja, was die Leute wollten, sie wollten sich in das Stillleben arrangieren und fotografieren lassen, sie wollten inmitten der Endlichkeitsdarstellungen einen unendlichen Moment wissen, mit sich selbst als Zentrum.

Die Fotografien, die Kato machte, hatten schon große Aufmerksamkeit auf sich gezogen, und als sie mir davon erzählte, erinnerte ich mich an ein oder zwei Artikel in den Kunstzeitschriften, die im Hopper auslagen, meinem Feierabendcafé. Ich erinnerte mich an die überbordenden bunten Darstellungen, die auf den ersten Blick wie aus dem sechzehnten Jahrhundert herausgeschnitten wirkten und erst nach einem kurzen Irritationsmoment fiel auf, dass die Gesichter zu modern waren. Oder irgendetwas anderes nicht stimmte. Eine Farbe. Ein Schmuckstück. Katos Ehrgeiz bestand darin, den Irritationsmoment zu dehnen und die Auflösung immer effektvoller zu machen. Nicht nur Fotos arrangierte sie, auch Videos, auf denen Menschen sehr stillsaßen, und erst wenn sie sich ein klein wenig bewegten oder blinzelten, fiel auf, dass man keine Fotografie vor sich hatte, sondern eine Projektion. In einer Genter Galerie hatte ich solche Videos gesehen.

Ich habe bis heute nicht so ganz verstanden, wie das mit dem Kunstbegriff war bei diesen Arbeiten, die allesamt hoch bezahlte Auftragsportraits waren, aber auch eine Art Catering. Kato sah sich selbst, wie sie später mal erzählte, in der Tradition der Hofmaler, der Anton van Dycks oder Rembrandts, die Adelige portraitierten und dabei ihre eigene Handschrift hatten. Sie hatte Spaß an ihrer Arbeit, sah sie aber auch als endliches Projekt, ihre flämische Phase. Ich selbst malte damals vor allem Wasser und Menschen, ich malte großformatige Seestücke und Flussstücke und fing, nachdem Kato und ich begannen, eine Serie an. Sicher hatte sie mich inspiriert, ich malte Obst und Pflanzen, malte Gefäße, Teppiche, einen Haufen Details, die aber nebeneinander, übereinander, untereinander gehängt ein einziges Gemälde ergeben konnten. Ein unendlicher rotierender Moment. Ein Sturm, dessen Auge ich mir noch ausdenken musste.

KatoKato, ich erinnere mich. Während sie auf mir saß und mich zu sich holte, blickte ich kurz in die Zweige der Forsythie.

Zeuxis und Parrhasios

In der dritten Woche waren die Perlhyazinthen verblüht, die Forsythien streuten ihre gelben Blattkommata in die Landschaft, aber wie zum Trost bekamen alle möglichen Sträucher alle möglichen kleinteiligen Blüten. Weiß am Eingang zur Holzterrasse, fuchsiafarben am Ufer neben der Eingangstür. Ich hatte eine türkise Unterhose an und musste mich dafür rechtfertigen.

– Ich hab sie heute wiedergefunden. Im Schrank. Ich hab sie noch nie angezogen, sah mir immer zu modern aus.

– Ach Mirren. An dir sieht nichts modern aus.

Eines ihrer Komplimente. Ich hatte mich daran gewöhnt. Ich lag immerhin, wie sie sagte, ganz auf ihrer Schönheitslinie.

– Kato, die Avantgarde muss verlangsamen, muss der Stecken in den Speichen sein. Dann muss auch eine türkise Unterhose nicht mehr als Mode funktionieren.

Sie schüttelte kurz den Kopf, machte schmale Augen, lachte und fing an, mir von einem Traum zu erzählen, der ihr in den Morgenstunden kam, der damit begann, dass sie ihre Wohnung verließ und sich auf den Weg zur Bude machte, wo ich die Nacht verbracht hatte. Sie hatte nichts an außer einem alten Herrenhemd, ihr Nachthemd, und hatte nichts dabei, nicht mal ein Telefon, nicht mal Schuhe. Sie hatte auch den Schlüssel zum Zaun des Budengrundstücks nicht dabei und stieg auf mein Fahrrad. Wollte zu mir und unerklärlicherweise rief ich sie an, wobei sie mir sagte, dass sie nun zu mir kommen würde und ich ihr aufschließen solle. Wir trafen uns an einer Steinbrücke am Fluss, an einem Kindergarten, und dort war auch eine Frau, die ihr Kind abholte, das allerdings schon ein Teenager war.

– Sie war total unscheinbar, hatte braune Locken, kein auffällig schönes Gesicht. Aber ich wusste, dass du ihr sehr wehgetan hast. Sie hat mich angesehen und mir einen Zettel in die Hand gedrückt, schnell hingekritzelt, doch als ich draufsah, waren da sehr ziselierte Buchstaben, wie mit dem Stift langsam und fest ins Papier gedrückt. Ihre Telefonnummer und die Worte, wenn ich Gesprächsbedarf habe, solle ich sie doch anrufen. Ein solidarischer Akt, Mirren, als ob ich die Nächste wäre, die du verletzen würdest. Ich hatte aber keine Angst um ums, keine Spur, obwohl du so ambivalent warst. Und dann stand die Frau auf der anderen Seite der Brücke, es sah aus wie ein Hafenbecken. Sie hatte einen Badeanzug an, hellblau schimmernd, sah aus wie Jane Fonda, und sie hatte eine glänzende silberne Kugel in der Hand. Wie ein Volleyball, sogar mit Volleyballprägung, wie ein Abguss, und mit einem Henkel, wie an einer Birkin Bag. Sie ist dann ins Wasser gesprungen, die Füße voran – und du hast das entsetzt angeschaut, von wegen: Bringt die sich jetzt um? Und ich musste dir erklären: Nein, das ist Kunsttauchen, die Kugel ist ihr Gewicht, damit sie besser nach unten kommt. Auf den Grund.

Während Kato ihren Traum erzählte, schaute sie wie immer, wenn sie etwas aus ihrem Kopf kramte, in die Luft nach links oben. Ich betrachtete sie. Eine langsame und präzise Erzählerin, die viel mit den Händen in die Luft schrieb. Ihre Zeigefinger waren ständig in Bewegung, mal an den Lippen, mal als Zeiger in der Luft, aber noch deutlicher war sie mit ihren Handflächen. Die segelten ständig als Basis oder als Beschwichtigung, als Stoppzeichen oder als würden sie ein Blatt Papier glattstreichen vor ihrem Oberkörper. Einen Punkt setzte sie, indem sie Zeigefinger und Daumen zu einem Kreis formte, und wenn es ein wichtiger Punkt, ein Ausrufezeichen sein sollte, dann machte sie das mit beiden Händen. Ich kannte das nicht, bevor ich sie traf. Und versuchte es mir zu erklären. Sie hatte so viel gelesen, in ihren Körper und ihre Gesten war ein Schriftbild eingesickert, dass ihre Hände tanzten, wenn sie sprach.

In dieser dritten Woche mit der Bude waren ein paar Dinge klar. Weiß war zum Beispiel eine gute Farbe für die Wände, alles sah gleich sauber aus, selbst die Spinnwebrückstände waren mit weißer Farbe überrollt kein Schmutz mehr. In einem von Katos liebsten Büchern hatte der Held die Fähigkeit, beim Mauern Asseln in den Fugen zu versenken, mit einem Schwung der Kelle nahm er die Urzeittierchen und versteckte sie in ihren grauen Gräbern. Kato erzählte mir, wie sie daran dachte, als sie die Hütte strich, nur versenkte sie keine Asseln, sondern weißte langbeinige Weberknechte. An die Fenster hatten wir weiße Gaze geklebt und alles, wirklich alles im Inneren der Hütte geweißt. Selbst die Plastikbeklebung an der Innenseite der Tür, Kato hatte sich, ohne dass ich dazwischengehen konnte mit meinen Bedenken in Sachen Abblättern, mit dem Pinsel und der Wandfarbe über die Tür hergemacht, eine gute Entscheidung, musste ich im Nachhinein sagen. Bis heute hält das Weiß. Das aus der Hütte endgültig unsere Bude machte.

Was mich vor allem freute: Das Grundstück um die Bude war eine Fundgrube, alte Dosen, Fläschchen, Stückchen wild gemusterten Bodenbelags, pastellfarbene Fliesen. Die Fliesen, das sahen wir erst nach einiger Zeit, waren neben dem Schuppen zu einer Art Nasszelle direkt auf den Boden gemauert, ein Rost klemmte auf dem Boden, und das Wasser, wenn es denn da war, konnte direkt in eine alte Zisterne laufen. Die war voller Entengrütze.

– Eigentlich kein schöner Name, oder? So ein schönes, helles, saftiges Grün, und dann heißt es Grütze. Da muss man mal was machen.

– Du, da musst du nichts machen. Kleine Wasserlinse.

So heißt sie eigentlich. Ihre Blätter sind hohl, sind eigentlich Blattkammern, in denen ist Luft und deshalb können sie auf dem Wasser schwimmen. Sie schießt Wurzeln nach unten ins Wasser und oben ist sie wie eine Pflanzengesellschaft. Gut, wenn dann die Enten kommen und sie abgrasen, sonst kommt gar kein Licht mehr ins Wasser. Eigentlich müsstest du sowas doch wissen, schließlich kann man sie essen. Auch als Mensch. Supernahrung. Astronautennahrung. Die Zukunft allen Essens wächst in den Zisternen.
– Ach, du spinnst. Und als ob ich alles wüsste über essbare Dinge.
– Meine liebe schöne Bäckerin, ich war mir sicher. Und außerdem bin ich mir sicher, dass du ein Märchen zur Wasserlinse weißt. Wasserlinse. Komm schon. Wasserlinse.
Sie wusste eines, und das ging so.

Es war einmal ein großer Teich, auf dem wohnten fünf Enten. Der Teich war so groß, dass sich auf jeder Seite ein Dorf befand und ein Fährmann hüben und drüben verbinden musste. Zwei der Enten wohnten am Ufer des einen Dorfes, drei am Ufer des anderen. Der Teich war so groß und dunkel, dass die Enten ihn nicht überqueren konnten, und das Fliegen hatten sie vergessen. Jeden Tag baten sie den Fährmann, sie doch einmal mit hinüberzunehmen zu ihren Verwandten. Der Fährmann sagte jedes Mal: Das würde ich tun, aber welches Geld gebt ihr mir dafür? Die Enten hatten keines, und so blieben sie getrennt. Eines Tages nahm die kleinste der Enten, die dritte der drei auf der einen Seite, den Schnabel voller Wasserlinsen und reichte sie dem Fährmann. Der bedankte sich, nahm die Wasserlinsen und sagte: Seht ihr, ich habe gefragt, welches Geld ihr mir dafür gebt. Ihr habt euch für die schönen grünen Wasserlinsen entschieden. Steigt also ein.

An dieses Märchen zur halben Tageszeit denke ich, als wir jetzt mit unseren Erinnerungen auf der Hangterrasse sitzen und über den See nachdenken. Die Bude strahlt die Wärme des Tages in unsere Rücken, und Geld oder das, was als Geld gedacht wird, spielt weniger denn je eine Rolle. Geld will nur eines, mehr Geld. Das sagen die Theoretiker, und ich überlege, wie wir damals gelebt hatten, dass das nicht stimmte, zu keinem Zeitpunkt unseres Daseins. Wir brauchten nur so viel Geld, dass wir nicht mehr daran denken mussten. Und wir dachten nicht viel an Dinge, die mehr Geld kosteten, als wir hatten. Der Waldmann, dessen Buch wir uns damals wechselseitig vorgelesen hatten, während der andere die Wand der Bude strich, schrieb, dass er zwei Monate im Jahr arbeite für sein Leben. Vielleicht hatten wir damals auch so gelebt, es gab die Zeiten der Vielarbeit und es gab die Zeiten der Nichtarbeit, beides floss, ohne dass es uns störte, ineinander.

Kato sitzt ganz still und schaut über das Hangmeer, in dem früher mit dem Anbruch der Nacht die Lichter angingen, eine Hafenstadt. Jetzt bleibt es dunkel und wir brauchen das Mondlicht, um unsere Gesichter zu sehen.

Der Weg sah aus wie Elefantenhaut, festgetretener grauer Schlamm mit Falten, wie im Hochsommer, dabei war es erst Frühling, aber so unfassbar trocken. Wo ist denn nur das Wasser? Das von oben kommt nicht mehr, und das von unten geht weg.

Unter uns liegt die glitzernde Bahn des Flusses.

- Da, schau. Der Fluss ist noch da.

Ich bin gerade am Nachmittag noch fast unten gewesen, bin zumindest bis zur Metalltür vorm Weg gekommen, bis

ich umdrehte, um Kato in Empfang zu nehmen. Ich nahm sie wahr, bevor ich bei der Bude ankam, merkte sie, wie sie da auf der Terrasse stand und auf mich wartete, sich bei meinem Rascheln umdrehte und meine Schritte auf dem staubigen Plattenweg beobachtete. Sie sah aus, wie ich sie zuletzt gesehen hatte, ein Kleid, wie immer, die Haare aus dem Gesicht gebunden, die wasserfesten blauen Sandalen. Ein Körper, den ich beinahe so kannte wie meinen und in manchen guten Momenten besser kannte als er sich selbst.

Unwillkürlich denke ich an den Anfang der Bude, an das Ausrollen des kratzigweichen Kunstrasens im Innenraum, nachdem wir den Betonboden freigelegt und gekehrt hatten, wir hatten riesige Spiegel angebracht statt einer Tapete und alles, was übrig war, weiß gestrichen. In den Kassetten an der Decke und auf dem Holz am unteren Drittel der Wand hatte ich kleine Malereien veranstaltet, winzige Gartenszenen in Grisaille gemalt, sie sind immer noch da, und jetzt ist also auch sie wieder hier.

Kato und ich hatten immer in Städten mit Flüssen gelebt. Sie stammte aus einem Dorf und war am Bach aufgewachsen, ich wuchs in einer kleinen Stadt mit einem flachen Fluss auf, wir beide trafen uns nach jeweiligen Flussstationen hier und da in der Stadt am Strom und zogen in die kleinere mit einem freundlichen Gewässer. Am Fuße des Budenhangs floss Wasser, und wir konnten uns beide nicht vorstellen, irgendwo zu leben, ohne auf die Bewegung von Wellen zu schauen. Ohne Treibgut und Reiher, Möwen oder Uferweiden. Damals in Antwerpen hockten die Möwen auf dem kleinen rauen Pappdach, auf das Kato zum Rauchen aus dem Badfenster kletterte. Als ich zum zweiten Mal zu ihr hochstieg, damals im Winter, war ich schon ganz vertraut mit den lackierten Holzstufen und der zweiflügeligen Glastür, die wie ein Rahmen um das Leben dahinter war. Ich öffnete sie und sofort schlug mir ein herber, weicher Duft entgegen. Kato stand vor dem Herd, hatte ein Kaninchen zubereitet, und wenn man einmal gebratenen Hasen gerochen hat, weiß man genau um den hellen und dabei schneidenden Geruch, es war ein Pelztier mit weißem Fleisch, das hier briet, und die braunorangenen glasigen Farben, die sich in der Hitze an den Rändern der Schnittkanten, um den Bauchraum, den Hals bildeten, die waren ebenso in der Luft.

– Ich hab es erst in den Bräter gesteckt und dann nochmal unter den Grill gelegt, ist gut geworden, hallo du, schön, dass du da bist.

Sie fuhrwerkte konzentriert mit Bräterdeckel, Braten und einer großen Gabel herum, schaute kurz zu mir und nickte zu dem kleinen Holztisch.

– In der Schublade ist Besteck, hier sind die Teller.

Ich war mit einem ganz anderen Hunger hergekommen, zu dieser Frau, die ich gerade mal fünfzig Stunden kannte, und war doch zack verwickelt in Duft, appetitliches Ansehen, sah mich einen Tisch decken und sitzen und essen, Kaninchen mit Feigenkonfit.

Mir war das noch nicht klar, als ich zum zweiten Mal in ihrer Wohnung saß, aber ich ahnte oder wollte, dass es dauerte. In ihren Bewegungen hatte ich etwas wiedergefunden, das ich schon lange vermisst hatte, ohne es zu wissen. Und als ich nach dem Essen meine Finger in ihre Haare verzweigte, hinten am Nacken, und sie wie eine Schale an ihren Hinterkopf legte, hatte ich alles und genau das in der Hand, was ich wollte. Nach dem Essen war ich aufgestanden und hatte mich im Spaß vor sie gekniet, hatte mit gesenktem Kopf und den Händen auf ihren Knien für das köstliche Mahl gedankt.

– Ich danke dir, sehr. Das war eine Probe, morgen muss ich es für fünfzehn Leute kochen.
– Aber du kochst nicht hier, in deiner Wohnung, oder?
– Nein, es gibt eine Atelierküche, ich mach meine Aufnahmen immer dort.

Sie erzählte von einer alten Papierfabrik, die in Lofts umgebaut worden war, die wiederum vermietet wurden für eben solche Anlässe.
– Eine famos ausgerüstete Küche. Ich mach das auch nicht alleine, Dirk und Högni sind da, die helfen zu kochen und zu servieren.
– Högni?
– Ist Isländer. Und ausgebildeter Koch. Und Künstler. Es ist manchmal ein bisschen schwierig mit der Hierarchie, aber ich bezahle ihn ja.

Ich sollte Dirk und Högni noch kennenlernen, den schmalen Dirk, der eine riesige schwarze Brille trug und so dünn war, dass er selbst in seinem festen gepolsterten Motorradanzug wie ein Strich aussah. Und Högni, der für meine Begriffe ein etwas zu schönes Gesicht hatte, eine zu fein geschnittene Nase, zu blaue Augen, zu schwarze Haare, zu glatte, blasse Haut. Ein zu schöner Mensch in Katos Nähe, als dass ich ihn sympathisch finden konnte.

In der Papierfabrik sollte also morgen die nächste Stilllebenaufnahme sein, nicht die mit den Quitten, aber die mit Kaninchen und Feigen, Granatäpfeln, Trauben und Kürbis. Die Vorlage hieß einfach „Stillleben mit weißem

Kaninchen“ und stammte von einem Barockmaler, dessen Name ich noch nie gehört hatte.

– Franz Werner von Tamm. Muss man nicht kennen, aber er ist spannend. Er war Hofmaler in Wien, und er hat die überbordendsten Stillleben überhaupt gemacht, Mirren, riesige Aufbauten mit Blumen, mit Früchten, mit Kaninchen, und das in antiken Landschaften, man hat sie damals Prunkstillleben genannt, und Tamm war perfekt darin. Er hat auch Meerschweinchen in seine Bilder gemalt, aber das lehne ich ab.

– Meerschweinchen auf Salat?

Wir lachten und sie erzählte mir sehr dezidiert, mit ihren Fingern in der Luft, dass man Meerschweinchen zwar in Peru und anderen Ländern Südamerikas esse, dass sie sich aber daran nicht wagen mochte. Das Stillleben, das sie morgen arrangieren, fotografieren und zubereiten würde, kam ohne aus, war von 1691, hatte dieses weiße Kaninchen im Vordergrund und ansonsten zwei verschiedene Kürbissorten und übergroße Granatäpfel zu bieten, die zu besorgen die Tagesaufgabe von Högni heute gewesen war.

– Aber das Kaninchen lebt doch?

– Nein, zugegeben, da muss ich ein bisschen tricksen. Ich hab ein präpariertes und ein küchenfertiges Kaninchen, es reicht, wenn die Portraitgäste lebendig sind, ein hoppelndes Tier kann ich nicht gebrauchen.

Sie hantierte also mit zwei toten Tieren, und das im Arrangieren eines Stilllebens, einer Vergänglichkeitsstudie, eines Memento mori, wie passend, dachte ich und fragte sie ein bisschen aus.

– Wie bist du auf die Stillleben gekommen?

– Ehrlich gesagt mochte ich schon immer die Genauigkeit. Das genaue Malen. Die Details. Kennst du die Geschichte von Zeuxis und Parrhasios? Stell dir vor, das vierte, fünfte Jahrhundert vor Christus, zwei Künstler treten in Wettstreit darüber, wer naturgetreuer malen kann. Zeuxis ist berühmt dafür, dass er Trauben malen kann, an denen die Vögel zu picken beginnen. Er malt also diese Trauben, die Vögel kommen, und dann steht er vor dem Wandgemälde von Parrhasios, will den Vorhang vor dem Gemälde wegziehen – und merkt, dass der Vorhang gemalt ist.

– Was für eine großartige Geschichte!

– Ja, finde ich auch, ob Legende oder nicht. Und das ist es. Mich fasziniert das, was zugleich in Perfektion da ist und nicht da ist. Mich fasziniert dieses Flirren. Ich denke an das Obst, das abgebildet ist, die Tiere, die sind und doch nicht mehr, seit Jahrhunderten, und doch noch da, so frisch wie das Leben. Ich will es festhalten, das Leben, weißt du, ich will einfach nicht zugestehen, dass etwas ein Ende hat, dass etwas sterben kann, weggehen, verschwinden. Ich glaube nicht an den Tod. Ich will ihn nicht und ich weiß, dass es ihn nicht gibt.

Kato schaute mich nicht an. Sie schaute in die Luft. Nach rechts oben.

Als Kato geboren war, wollte sie nicht trinken. Jedes Mal schlief sie ein, wenn ihre Mutter ihr die Flasche gab, nach wenigen Schlucken waren die Augen zu und ihre Mutter war so hilflos, dass sie den Säugling, der keiner sein wollte, einfach wieder ins Krankenhaus brachte. Dort lag sie, mit einer Sonde durch die Nase, zwangsernährt und ohne sich durch den Schlaf entziehen zu können. Schlaf war ihre erste Waffe, mit der sie scheiterte. Ein Analytiker sagte ihr einmal, dass ja schon da der Todeswunsch bereitet war, eine Aussage, die sie sofort verstand und die sie trotzdem wütend machte. Es blieb ihr ja schon damals nichts anderes übrig, als gegen den Schlaf, den sie wütend schlief, wütend anzuleben.

KatoKato, es geht schon, es wird schon, es will schon, es kann, es ist, komm, es ist lang her, komm her.

Petrichor

In der vierten Woche war die Bude längst keine Hütte mehr, Katos Knie ab und an etwas aufgeratscht vom Kunstrasen und die Wasserleitungen zwar nicht verstanden, aber in ihrer Komplexität respektiert und hier und da in die Hoffnung eines Wasserreservoirs überführt. Die Zisterne hatte ich vom Schlamm befreit und austrocknen lassen, ausgefegt und mit Zement versehen an den Wänden. Es war so unvorstellbar trocken an dem Hang, dass jeder Versuch, jeder, ein guter war. Die Wetterexperten sagten, dass mit Ende April lediglich drei Prozent der durchschnittlichen Monatsniederschlagsmenge runtergeregnet waren, in den letzten Tagen des Monats war da nichts aufzuholen, und dem Wetterbericht nach würde auch nichts kommen. Kato hatte ihren ersten Sonnenbrand, und das einzig Gute war, dass sich die Gewässer schnell aufheizen würden, wenn das so weiterging, immerhin. Ich hatte auch genug vom Chlor, das mich immer an die Zeit im Hallenbad erinnerte. Diese endlosen Vormittage auf den Plastikstühlen, die Schlichtaufgaben zwischen den älteren Damen und den jüngeren Jungs, die zur Räson zu rufenden Teenager, die Sportler, die ihre mit der Dauerkarte erkaufte Bahn wollten wie das medium gebratene Steak im Restaurant. Badeaufsicht! Bitte, das geht so nicht.

Ich mochte Wasser ohne Chlor. Ohne Beckenrand. Ohne gewussten Untergrund. Ohne Badekleidung. Kato ging es ebenso.

– Ich hasse es, mit Badeanzug ins Wasser, weißt du, wenn's kalt ist, wird es dann zweimal kalt, einmal an den Stellen, die direkt im Wasser sind, und dann wird's nochmal kalt, wenn der Stoff durchweicht.

Unter der Bude ist der Fluss, in den wir steigen konnten, wenn wir nur den Hang hinuntergingen. Ich erinnere mich an die vierte Budenwoche, an deren Ende wir bemerkten, dass wir noch nie bis zum Fluss gekommen waren. Wir hatten das Grundstück ein bisschen erkundet, dabei den alten Kompost aktiviert, zwei Wege freigeschnitten, ich hatte beim Versuch, ein Grab für die Asbeststückchen auszuheben, ganz gute Erde entdeckt, vielleicht würde ein Johannisbeerstrauch wachsen. Kato war nur mit der Bude beschäftigt, mit der Terrasse, hier standen nun das rote Zweisitzersofa und ein Tisch davor, wir klappten es oft zum Bett aus und legten uns in das Blätterrauschen am Hangmeer und die Serenaden der Vögel, wenn die Sonne unterging. Zu Beginn der fünften Woche kam zum ersten Mal eine Idee von Regen auf. Ich war erstaunt darüber, wie es roch, wenn die Tropfen auf den Staub am Boden trafen, ich hatte den Geruch vergessen, und das Vergessen erstaunte mich fast noch mehr als der Geruch selbst. Pollen, Staub, Sediment, Öl, wie alles in die Luft geschleudert wird. Petrichor, so ist wohl der wissenschaftliche Name dafür: Wenn der Regen auf den Boden trifft, werden die Partikel in winzige Blasen eingeschlossen, wenn sie zerplatzen, schleudern sie die Geruchspartikel in die Luft. Je trockener der Boden, desto intensiver der Geruch. Und bei porösem Waldboden steigert sich der Effekt. Hier, im Grün, war er dick und greifbar und er trug uns. Wir lagen auf unserem Sofaschiff und segelten sprachlos hindurch.

– Weißt du, woher dieser Name kommt? Petrichor. Petra heißt Stein, Mirren, und Ichor war das, was den griechischen Göttern durch die Adern floss. Stein und schwarzes Götterblut.

– Mit dir ist ja wirklich alles zu fassen.

– Jetzt lach nicht, du.

Ich schaute Kato an, wie sie auf die Wellen des Plastikdachs blickte und nach zwei schweigenden Minuten wieder begann zu reden.

– Weißt du, vor ein paar Tagen bin ich von einem Witz aufgewacht, den du mir erzählt hast im Traum. Das ist doch, als könne ich mich selber kitzeln, ich lach über meine eigenen Witze.

– Stimmt, der Traum bist du.

Sie schaute weiter auf die Regenblasen, die auf dem Dach platzten.

Wie ihre Arbeit funktionierte, verstand ich nach einigen Wochen, als ich ein paar Tage Zeit hatte, im Schwimmbad keinen Dienst, keine Lust nach einer großen Auftragsarbeit, bei der ich eine Trauerhalle ausmalen musste, mich wieder vor die weiße Wand zu stellen. Ich hatte mir Kato-Tage ausgemalt, in denen wir nur im Bett lagen, aber sie hatte Zeitdruck.

Die Musik war schon unten im Treppenhaus zu hören, ihre Vermieter waren anscheinend verreist, Kato hatte aufgedreht und die Stimme des Countertenors weichte die Gegenwart auf.

– Wo bist du?

Kato guckte hinter ihrem Paravent hervor, trug eine

Kiste Artischocken. Ihre Etage sah aus, als hätte sich eine barocke Welle darüber ergossen. Auf dem Schreibtisch stapelten sich Bildbände, diverse Stoffe und Gefäße, seltsame Kannen und silberne Platten, Kerzenständer und Packpapiertüten, aus denen Früchte quollen. Kato sprang mir an den Hals, zerrte mich zu ihrem Tisch.

– Guck dir das an!

Das Buch war in der Mitte aufgeschlagen und die Abbildung zeigte einen Tisch, auf dem eine Platte mit aufeinander getürmten Käsen zu sehen war, ein Salzfässchen mit einem kleinen weißen Berg, ein Brötchen. Im Vordergrund kullerten zarte Kirschen, unglaublich hell und rot und wie kandiert. Aber das Beeindruckendste war die aufgeschnittene Artischocke. Zartes Grün, das ein rosa Innenleben preisgab, ein weißer Boden, aus dem eine Flamme aus Fleisch stieg, appetitlich, wunderschön. Es war so klar.

– Eine Vulva. Und was für eine. Sieht sie nicht unglaublich aus?

– Wahnsinn. Was ist das, wer hat die gemalt?

– Clara Peeters.

– Eine Frau?

Ich hatte diese Mahlzeitenstillleben bisher immer nur aus männlicher Hand gesehen, mir nie Gedanken darüber gemacht, und ich ärgerte mich darüber, dass ich erstaunt war. Und diese halbe Artischocke, wurde sie auch schon vor vierhundert Jahren so erkannt? Oder sahen nur wir sie so?

– Artischocken waren edel, teuer und wurden total oft gemalt. Immer schon ein Aphrodisiakum, findest du in jedem Kräuterbuch zu der Zeit. Kennst du nicht diese Geschichte von Caravaggio, der einem Kellner einen Teller mit Artischocken ins Gesicht geworfen hat, weil die so schlecht zubereitet waren? Die berüchtigte römische Artischockenschlägerei von 1604.

Kato lachte.

– Ach komm, das stimmt doch schon wieder nicht.

– Nein echt, das stimmt wirklich. Aber ich überlege grade, ob das Bild hier ausgedacht ist. So eine herrliche Artischockenmuschi habe ich noch nie gesehen.

Kato erzählte mir lang von Clara Peeters, dass sie in Antwerpen geboren war, dass sie mit über sechzig erst gestorben war und dass sie, Mirren, verrückt, noch mit Mitte vierzig geheiratet hatte. Sie zeigte mir ein Selbstportrait, in dem sich diese herrliche Frau als Opulenzia inszenierte, eine Radiernadel in der Hand vor einer goldenen Platte, Schmuck und Gefäße auf einem roten Tischtuch, angetan mit feinsten Stoffen, eine Seifenblase in der Luft.

Während sie von der Malerin erzählte, schwebte Vivaldi in der Luft, Vedrò con mio diletto, wieder und wieder, und ich ließ mich von Katos Atmosphärentheater so gerne einnehmen wie sie sich selbst. Sie wusste genau, was sie brauchte. Und schwankte wie die Arie hin und her.

– Ich kann mich nicht entscheiden … was für ein Bild, aber Artischocken, Käse und Kirschen, was mach ich damit …

Sie blätterte und nahm die pralle Blüte in die Hand, hielt in der anderen eine Kirsche am Stängel hoch.

– Käse?

Sie schnappte sich den Bildband und zeigte mir ein anderes Gemälde.

– Das? Ich mach das. Fische, Krabben, Crevetten, Artischocke. Na?

– Das sieht nach ziemlich viel Fisch aus.

– Wieso? Schau mal, nur acht, was ist das … Karpfen, da, in der Mitte zwei, ein dicker und ein dünner, der hier, der so fies guckt mit Unterbiss, das ist ein Hecht, und die kleinen hier, das sind Rotfedern, nein, Plötzen, oder?

– Bin jetzt nicht so fischfirm, das weißt du. Aber sieht toll aus, am schönsten sind diese kleinen Krebse und Krabben

hier vorne. Die sind aber schon gekocht.
– Die sind gekocht.

Kato zerrte eine Schublade in ihrem Sekretär auf, fing an zu wühlen. Sie kam zurück mit einer alten großen Lupe und hielt sie über einen silbernen Kerzenständer, der auf dem Bild zwischen einen dunklen Weinpokal und einen kupfernen Abschöpftopf gemalt war.

– Krass, die Kerze hat drei Dochte.
– Was siehst du noch?
– Hm.
– Da, auf dem mittleren Hubbel, was siehst du?

Ich kniff die Augen zusammen und sah ihn: den winzigen Frauenkopf.

– Da ist sie, das ist Clara Peeters.

Die Künstlerin auf ewig in ihrem Bild. In ihrem Zuhause.
– Und Mirren, da.

Kato zog die Lupe auf den Steinzeugkrug rechts im Bild, der vielfach verziert und mit einem Messingdeckel versehen war.

– Da ist sie nochmal.

Clara Peeters hatte sich auch hier, im metallenen Deckel, verewigt, ein helles, rundes Gesicht, etwas zur Seite gedreht, mit einer großen weißen Haube. Winzig und viel deutlicher noch als im Kerzenständer spiegelte sich die Vergangenheit zu uns in die Kasteelstraat, in diesem Moment.

– Weißt du, wie selten das war, dass sich Malerinnen damals in ihre Bilder gemalt haben?

Kato erzählte weiter, dass Clara Peeters die Fischstillleben quasi erfunden hatte, und schließlich, dass es schwierig sein würde, ihr eigenes Portrait beim Fotografieren in die Krugspiegelung zu platzieren.

Als erstes machte sie eine Liste der zu besorgenden Dinge. Högni musste sich um die Gefäße kümmern, Dirk um die Fische und die Artischocken. Sie traf sich mit ihren Auftraggebern, einem Paar aus Brüssel, das sehr gern ja sagte zu Fischen und Artischocken, und machte als Termin den kommenden Freitag fest. Freitag und Fisch, sagte sie, das passt gut. Bis dahin hatte sie ihre Rezepte entwickelt für den Fischtopf und das Artischockenmahl, und ich hatte das Glück, an drei Abenden Artischockentestessen zu bekommen. Mal mit Petersilie, Minze und Öl gedünstet auf römische Weise, mal ganz pur mit einem Zitronendip und schließlich die klassische jüdische Variante, bei der die Blüten frittiert werden. Kato entschied sich für die jüdische Weise, die auch mir am besten schmeckte. Sie musste dabei die Distelstängel abschneiden und den Schnitt mit Zitrone einreiben, sie wässern und nach zehn Minuten trocknen und über die Tischkante rollen.

– Wieso machst du das?

– Damit sich die Haare lösen innendrin, weißt du, sobald es heiß wird, lösen sie sich und es gibt so eine kleine Mulde.

Dann kannst du die Blätter nachher beim Essen leichter lösen.

Sie frittierte die Artischocken ein erstes Mal, ließ das Öl auf Papier tropfen, und bog die Blätter dann auseinander, so dass die Artischocken wie Rosen aussahen. Kurz bevor sie uns auftat, legte sie die Blüten noch einmal ins heiße Fett. Es roch nach Frittiertem, aber nicht unangenehm, sondern frisch und fettig und lecker. Zum Nachtisch schenkte sie uns ein Glas Rotwein ein, in das wir Mandelkekse tunkten. Ich fühlte mich heilig und warm, und wieder flogen die Zeiten um uns herum.

Das war der Moment, in dem ich beschloss, mich von nun an in meine Bilder zu malen.

Kato, ich hab versucht, uns zu malen, weißt du?

Das goldene M

In der fünften Budenwoche fing die Wand an zu rascheln. Das Erste, was uns auffiel, war grauer, wolliger Staub, der aus einer Stelle zwischen Wand und Decke rieselte. Das gleiche Material, das zwischen Außenwand und Holzverkleidung steckte. Betrat man die Bude, konnte man links in den Hauptraum gehen, in dem wir den Plastikrasen auf dem Beton ausgerollt und unter die dünnen Leisten gestopft hatten. Hinten links nun, gleich neben einem der beiden Fenster, lag ein Häufchen Material. Kato schimpfte ein wenig angeekelt und ich untersuchte den Spalt zwischen Decke und Wand und fand keinen Hinweis auf den oder die Verursacher. Ich musste mir etwas ausdenken, nahm ein wenig Plastikfolie und zerknüllte sie, um sie in den Spalt zu stecken.

– Wir werden ja sehen, ob sich noch was rührt.

Wir sitzen im Abenddunkel auf der Hangterrasse, mittlerweile auf dem roten Sofaschiff, vor uns der Tisch mit dem weißen Laken als Tischdecke und einem Zweig violett blühenden Rosmarins in einem Wasserglas. Kato will sich eine Zigarette anzünden, bemerkt dann, dass sie keine dabeihat. Wir haben keinen Hunger und keinen Durst. Und ich merke plötzlich, dass ich den Rosmarin nicht riechen kann, obwohl er am Tag so von der Sonne beschienen worden ist, dass er eigentlich duften muss. Kato reibt mit Daumen und Zeigefinger eine Nadel und hält ihre Hand an die Nase.

– Ich riech ihn auch nicht. Seltsam, mir ging es auch am See so. Ich hatte das Gefühl, seine Abwesenheit nur sehen zu können. Ich roch keinen Schlamm, nicht die trockenen Pflanzen oder meinetwegen alte Muscheln, ich roch rein gar nichts.

– Auch Nichts riecht nach etwas. Das Bemerken des Nichtriechens riecht doch nach etwas. Hast du nur den See nicht gerochen?

– Ich glaube schon. Aber jetzt, wo du es sagst.

Sie beugt sich im Dunkel zu mir hinüber und steckt die Nase zwischen meinen Arm und meine Rippen, tief in meine Achsel.

– Hier ist nichts. Vielleicht ein bisschen Erde. Oder nein, altes Wasser. Mirren, du riechst nach altem Wasser. Du riechst nach Nacht.

Katos beeindruckender Geruchssinn, und nun bin ich für sie bloß Nacht. Hier ist etwas nicht richtig. Was ist passiert?

Wir kannten uns gerade ein paar Wochen, als der Frühling plötzlich kam, der Winter hatte so viel Schnee gebracht, dass die Stadt erst auftaute, dann wegfloss und schließlich in alle möglichen Grüntöne explodierte. Ich kam in den letzten tief stehenden Aprilsonnenminuten zu ihr in die Dachküche und sah sie schon durch die Glastür am Küchentisch stehen.

Der Rhabarber lag in vier dicken Stangen vor Kato und sie schnitt Stück um Stück. Der Geruch nach frischer Erde stieg aus den feuchten Schnittstellen, sie mochte diesen Duft, er war grün und sauer und hatte was von einem Vogel, der eben einen Regenwurm aus dem Boden gezogen hatte. Sie dachte sich aus, sagte sie, wie sie die Nase unter einen

kleinen grünen Flügel steckte. Und wusch den Rhabarber extra nicht, sie tat es nie, es sei denn, er war sandig, sie nahm ihn so, wie er war. Die grüne Stange mit dem roten Häutchen drum herum, gerade dort, sagte sie, war der Geschmack daheim. Ohne Haut war der Rhabarber nur grün und sauer, mit Haut erst war der Geruch da.

– Weißt du, Rhabarber ohne Haut ist wie eine Menschmitte ohne Haare. Nein wirklich, Mirren, ich mein es ernst, wo soll sich denn der Duft festhalten, wenn da nichts ist?

Ich wollte gar nicht so sehr an meine Menschmitte (was für ein Wort, Kato, du altmodisches Ding) denken, als ich sie so mit diesem, wie ich wusste, perfekt geschliffenen Messer an den Stangen hantieren sah. Wobei ich ihre Beobachtung mochte. Weil sie mir damit erzählte, dass sie meine Haare mochte. Direkt hätte sie es mir nicht gesagt, dafür war sie zu verschämt und in bodenfernen Sphären unterwegs, auch sprachlich. Aber so. In ihrer Küche. War sie so gut und fein mit ihrer Sprache und ihren Aussagen wie mit dem Messer am Rhabarber.

Die Rhabarberstücke lagen nun in Wartestellung mit ihren durchsichtig ausgefransten Rändern auf dem Brett, Kato schob sie in den schwarzen dünnbodigen Topf, der an einen Muscheltopf erinnerte. Es war ihr Konfitürentopf, in ihm kochte sie ein, schmolz Früchte zu Marmeladen, pürierte Süße, die sie in Gläser und Schüsselchen abfüllte. Mittlerweile hatte sie eine weitere Marge in der Mache, Erdbeeren, die nicht mehr ganz schön waren, aber umso präsenter im Duft. Kato wusch auch sie nicht.

– Niemals Erdbeeren waschen. Sie saugen sich mit Wasser voll und der Geschmack ist weggespült. Wie bei Kräutern. Sie brauchen all die Partikel auf sich, alles, was sie aus dem Garten mitbringen.

Sie schaute mir in die Augen, während sie ohne hinzuschauen die Erdbeeren zerteilte. Ihre Botschaft des Nichtwaschens war wichtig, ich merkte das an ihrem Blick und ihrer Bestimmtheit im Schneiden.

– Und weißt du, was das Schönste am Kochen ist?

Sie bettete die Erdbeeren zu den Rhabarberstücken, streute Zucker darüber und legte den Deckel auf den Topf. Sie drehte sich jetzt ganz zu mir um und legte ihre Hände auf meine Menschmitte.

– Das Warten.

Katos Hände rochen immer noch ein bisschen grün und süßsauer und leicht nach Erdbeeren, als sie nach unserem langen schönen Warten aufstand und mir zeigte, wie die gezuckerten Früchte Wasser gezogen hatten, den Saft, den sie zum Kochen brauchten. Sie hielt das Feuerzeug an die Gasflamme und beugte sich über den Topf, hielt die Haare dabei zurück und ich betrachtete ihre weiße Gestalt. Sie war schön. Ihr Körper hatte eine eigenartige Konsistenz, die man ihm nicht ansah. Weich und fest zugleich. Sie prüfte den Geruch, der aus dem Topf stieg, als die Früchte in ihrer Flüssigkeit warm wurden, und ich hatte Zeit, sie weiter zu betrachten. Es machte ihr nichts aus, mit Nichts am Herd zu stehen und mir ihre Rückseite zuzuwenden, während sie sich entspannt und ruhig in den Anblick des beginnenden Aufkochens versenkte. Ich sah sie atmen und neben sich greifen, die kleinen ausgekochten Gläser bereit stellen. Der Rhabarber begann langsam in seine Fasern zu zerfallen, während die Erdbeeren heil blieben und nur Form und Farbe veränderten, etwas Röte an den Saft verloren und weich wurden. Kurz bevor die Rhabarberstücke ganz auseinanderfielen, stellte Kato die Hitze ab und begann die Marmelade mit einer kleinen Kelle abzufüllen, behutsam in die Gläser, die sie dann verschloss und auf den Kopf gestellt aufreihte. Den heißen Topf mit dem klebrigen Rest nahm sie an den abgekühlten Henkeln und drehte sich zu mir um.

– Weißt du, was das Zweitschönste am Kochen ist? Das Kosten.

Sie kniete sich neben mich und fuhr mit fünf Fingern auf dem Topfboden entlang.

– Hier, koste.

Einen Finger steckte sie mir in den Mund. Den zweiten rieb sie an meinem Hals ab und fuhr die Bahn mit ihrer Zunge nach. Mit dem dritten zeichnete sie eine klebrige Spur über meine Brust zum Bauch. Mit Daumen und Zeigefinger nahm sie mich und nahm dann zugleich meine Spitze und ihre Finger in den Mund. Vielleicht nahm ich den Topf und nahm, was ich kriegen konnte, nahm eine Portion Süße und tat Rot zu Rot, forschte dem Verschwinden des einen im anderen erst mit meinen Lippen, dann mit meinem ganzen Körper nach. Vielleicht riefen wir dann laute Dinge zum Marmeladengott und machten all die klebrige Süße mit unserem warmen Salz wieder wett.

Wir haben etwas herausgefunden, denke ich, als wir im Dunkeln nebeneinander vor unserer alten Bude sitzen und merken, dass wir den Geruchssinn verlieren oder – und das ist der andere Gedanke – die Welt ihren Duft verliert.

Katos Geschäfte in der Stadt am Fluss liefen gut und auch ihre beiden Mitarbeiter konnten von ihrer Kunst leben. Ihr „flämisches Projekt“ zog Einladungen und Aufträge an, sie selbst war ein Schmuckstück geworden, wurde eingeladen in Häuser von Kunstsammlern, wurde zu Essen geladen, ich musste, durfte, sollte, wollte mit. An einem Tag im späten April, Kato und ich waren noch nicht das, was man ein routiniertes Paar nennen konnte, wir hatten uns erst wenig gemeinsam in der Gegenwart von anderen Menschen bewegt, holte sie mich an einem Sonntagvormittag ab, um aufs Land zu fahren. Eine knappe Stunde Autofahrt von der Stadt entfernt lag ein kleines graues Schlösschen, dessen Besitzer zu einer Mittagsgesellschaft einlud. Muscheln sollte es geben und einen Spaziergang im Schlosspark. Ich war gespannt auf die Menschen dort, Kato hatte die Einladung von ihrem Vermieter überbracht bekommen, dem alten Maler, und es versprach eine interessante Ansammlung von Künstlerinnen und Mäzeninnen zu werden. Die Einladung war mit der Bitte um eine Spende verbunden. Ein Benefizessen zugunsten der Gebäudeinstandsetzung.

Als wir ankamen, standen bereits neun oder zehn Autos auf der kleinen runden Auffahrt vor dem Schlösschen rund um das wasserlose Bassin, aus dessen Mitte sicher einmal eine kleine Fontäne geschossen war, die metallene Vorrichtung stakte noch aus dem trockenen Rund. Große dunkle Autos, dicke Karren mit kleinen Figuren oder zumindest Sternen über dem Kühler. Katos alter weißer

Peugeot sah daneben aus wie ein Kinderfahrzeug mit Pedalen.

Wir stiegen langsam aus und gingen zur Vordertür, die offen war, und standen in der großen Eingangshalle mit der Treppe am anderen Ende. Links ging es in einen Raum, aus dem schon Stimmen kamen. Während in der Eingangshalle noch die Tapeten nicht ganz von den Wänden gezupft waren und es offensichtlich einer Gestaltungsidee bedurfte, war dieser Raum hellweiß ausgemalt, in der Mitte stand ein riesiger Tisch mit einer Steinplatte, den der Besitzer, wie wir später ungefragt und ausschweifend erzählt bekamen, in einer abenteuerlichen Aktion aus einem polnischen Abbruchhaus entwendet und bis hier aufs flache meernahe Land geschafft hatte. Noch standen die Gäste in Grüppchen um den Tisch, Crémant in der Hand, ich sah nur zwei Gesichter, die ich kannte, das von Högni und das von Kato gleich neben mir. Ich wünschte mir, dass sie neben mir bleiben sollte, den ganzen Mittag, Nachmittag, Abend lang.

Högni lachte gerade ein bisschen zu leise und erzählte einer Frau in rotem langem Kleid raunend von seiner iPad-Kunst. Natürlich war er nicht nur Katos rechte oder linke Kochhand, sondern – aus seiner Warte – hauptsächlich Künstler, der einer anderen Künstlerin bei ihrem Projekt half. Er selbst hatte sich auf computergemalte Bilder spezialisiert, die er ausschließlich auf einem Programm fertigte, das den

Entstehungsprozess der Bilder nachher dokumentieren konnte. So entstanden kleine Filme von Bildverfertigungen. Das Besondere daran war, dass Högni am Ende jedes Bild, und es waren nicht einmal schlechte, im Gegenteil, es waren farbenfrohe Bilder von Poolszenen, Stränden, verlassenen Tankstellen oder Bushaltestellen in übervollen asiatischen Städten, dass er also jedes Bild schwarz übermalte. Das tatsächliche Bild, das Kunstwerk, schien nur kurz auf, bevor es verschwand. Es war immer da, es wurde immer wieder und wieder gemalt, aber am Ende machte Högni immer wieder das Licht aus. Kato hatte mir erst nach einigen Wochen und auch nur auf eine zufällige Beobachtung hin erzählt, dass Högni nicht nur ihr Beikoch war. Sondern auch malte. Oder so ähnlich. Kato hielt nicht viel davon, offensichtlich.

Ich sah jetzt ein Bild, das ich schon ein paar Mal gesehen hatte, meist spät nach getaner Arbeit, wenn noch im Atelier zusammengesessen wurde und die Portraitierten und Bekochten blieben. Es kam unweigerlich die Szene, in der eine etwas angetrunkene Frau neben Högni kicherte und er einen kleinen Bildschirm aus seinem Rucksack zog und seine leisen Filmchen zeigte. Dabei lehnte er sich schräg von hinten an sein Publikum und raunte auf oder besser über seine bildschöne Högni-Art. Hier beim Warten auf die anderen Gäste und den Beginn des Muschelessens hatte Högni offenbar schon sein bevorzugtes Objekt gefunden. Nachdem er mir kurz zugelächelt hatte zur Begrüßung, fing er an, in seinem Rucksack zu kramen und seinen Bildschirm zu zücken.

Högni also. Wie immer. Auf der Suche und mit der Intuition eines Isländers bei der wärmsten Flamme des Raumes gelandet.

Kato sah es auch und schenkte mir kurz eine hochgezogene Augenbraue, bevor sie sich mit breitem Lächeln dem Schlossherren zuwandte.

– Minheer, erzählen Sie doch von diesem Gebäude. Wenn ich schon Muscheln für Sie esse, dann muss ich auch wissen, was ich damit erhalte.

Minheer, klein und mit schwarz glänzendem Haar, in einem dunkelblauen Anzug, der aussah wie eine Uniform, sah Kato an und kam für seine ausgiebige Antwort sehr nah an sie heran.

– Mademoiselle Kato, ich freue mich über Ihre Anwesenheit.

Das R im freuen rollte er so weich, als wolle er eine Katze anlocken, das Eu war langgezogen und tief, irgendwo aus seinem vorgestreckten Bauch geholt, ich mochte ihn nicht. Kato blinzelte mich immer wieder an, während er erzählte. Ich bekam aus meiner randständigen Position nur Bruchstücke mit wie: ganz viel Reparaturen, ganz wenig Geld, zwei Jahre Arbeit, zehn Zimmer von vierzig schon bewohnbar, und so weiter.

Ich mochte nicht zuhören, ich konnte beobachten, wie er mit seiner Nase immer wieder in Katos Haaren verschwand und wünschte mir, mit ihr heute Abend unbedingt eine heiße Dusche zu nehmen.

Högni hatte währenddessen die Feuerfrau mit seinen Malvideos alleine gelassen und kam auf mich zu.

– Hey.

– Hey.

Er holte tief Luft, wippte ein bisschen mit seinen kleinen Beinen, hob seine hübsche Nase hoch und ließ den Blick in den Raum schweifen.

– Ziemlich viel Kunst hier.

– Na Högni, dann passt du ja prima.

– Hat Kato dich mitgenommen?

Er wusste genau, dass ich malte, unübersehbar, die ständige Farbe unter den Fingernägeln und der Dammarfirnisdunst im Pullover. Ich fragte mich oft, wie es kam, dass Menschen, die Kunst fabrizierten, untereinander so missgünstig waren. Ich nahm mich nicht aus, Högnis Computerbilder fand ich grauenvoll, und ich ärgerte mich über jede Nachricht eines Verkaufs. Oder wenn er es wie jetzt mal wieder geschafft hatte, eine schöne Frau mit seinen Videos in den Bann zu ziehen. Nicht, dass ich das selbst wollte, aber ja, dieser billige Effekt.

– Kennst du den?

Högni zeigte auf einen schmalen Mann in einem braunen Anzug mit schwarzem Pullover darunter. Auch das Gesicht war schmal, die Augen leicht schräg, der Mund sehr klar und spöttisch, die Haare blond mit grauen Strähnen.

– Das ist Karol Babinski.

Ich hob die Schultern, Hände, Augenbrauen, keine Ahnung, wer ist das? Und Högni raunte weiter.

– Mirren, Babinski! Er hat vorletzte Woche einem Sammler vierhunderttausend Euro abgenommen für einen hellblauen Schaumstoffblock. Den hatte er auf ein Segelschiff getackert, ihn einmal um die Welt geschippert, also, nicht er selbst, das hat er machen lassen, dann hat er das Schiff irgendwo neben dem Marianengraben kentern lassen, es bergen lassen in einer megaaufwändigen Aktion, und das Schaumstoffding, das hängt jetzt in irgendeinem Wohnzimmer.

Högni bewunderte im Ernst die Fähigkeit, einem Kunstsammler so viel Geld abzunehmen. So weit kannte ich ihn. Er hatte es einfach nicht begriffen. Mich rührte auf der Stelle etwas ganz anderes an. So viel Aufwand für ein Nichts, etwas, das erst durch seine Geschichte zu einem Wert kommt. Der nun darin besteht, in einem warmen tröstlichen Wohnzimmer zu hängen. Und immer wieder den Diskurs über sich selbst zu entzünden. So weit musste man einen Schaumstoffblock erstmal bringen. Ich starrte Babinski an und wollte mit ihm sprechen.

– Högni, weißt du, wo der Wein steht? Super, kannst du mir ein Glas mitbringen?

Als Högni sich umdrehte, fing ich langsam an, in die Richtung des schmalen Mannes zu gehen. Er stand am Rand, vermaß die Personen im Raum mit leicht schief gelegtem Kopf. So näherte ich mich ihm, bis sein Blick an mir hängenblieb und er mir, bis ich vor ihm zu stehen kam, in die Augen blickte.

– Wir kennen uns nicht, oder? Mirren.

– Babinski.

Sagte Babinski und schaute mich unverwandt an. Seine Augen waren ein klein wenig zusammengekniffen, vielleicht war er kurzsichtig und versuchte seine Pupille auf mich einzustellen. Oder er wollte gut aussehen.

– Sie sind mit Kato hier?

Woher kannte er sie? Ich nickte.

– Ja, sie hat mich mitgenommen.

Er hob die rechte Hand und legte sie leicht schiebend auf meinen Arm.

– Kommen Sie.

Er schob jetzt tatsächlich, nein, nahm jetzt meine Hand, und ich hatte ganz kurz das Bild vor Augen, wie wir uns an den Händen gefasst wortlos von dem Empfang entfernten, lachend anfingen zu rennen, um außer Puste auf einem Waldweg zum Stehen zu kommen. Wie kam dieses absurde Bild zu mir? Ich kannte den Mann doch gar nicht. Und nun schob mich Babinski ganz sachte in einen Nebenraum, und ich hatte dieses irgendwie frohe Bild dazu. Aber klar war auch, dass Babinski mir etwas zeigen wollte, und ich war gespannt, was.

Wir gingen durch eine kleine Tür hinter dem Treppenaufgang und durch einen gekalkten Flur zur Hintertür des Gebäudes. Babinski öffnete sie und trat auf einen schmalen Kiesweg. Und da sah ich es. In dem Garten, der aus Rasen, hohen Bäumen und hellen Wegen bestand, leuchtete ein großes goldenes M zwischen zwei Eichen hindurch. Es mussten gut drei Meter sein, hoch und breit, ich schaute zu Babinski und zog die Augenbrauen hoch.

– Ich musste das einfach tun.

Er sagte das, ohne eine Miene zu verziehen, hatte weiter das leichte Lächeln in den Mundwinkeln und den Kopf wieder leicht schräg gelegt.

– Kommen Sie.

Er führte mich näher an die Plastik heran, und ich erkannte, wie fein sie gearbeitet war, das war keine Styroporsägearbeit, die mit Folie überzogen war, das war massiv und gegossen und lackiert, das hatte scharfe Grate und leuchtete selbst im Aprilmittagslicht wie die goldene Augustsonne. Babinski stand vor seinem goldenen M und die Reflexe legten sich in seine Cowboyfalten.

– Ich hab es heute Morgen hierhin transportieren lassen.

Bei diesem Satz schaute er hoch zum doppelten Bogen, und seine Augen öffneten sich, so dass ich zum ersten Mal deren graublaue Farbe sah.

– Das ist. Sehr golden.

– Das ist das goldene M.

Ich sah ihn an, und so, wie er sein Werk ansah, war klar: Er meinte es nicht esoterisch, er meinte es ganz ohne doppelten Boden.

Das war das goldene M.

– Was denken Sie, passt es hierhin? Ich meine schon.

Minheer will ein Werk von mir, schon lang, nun hat er es.
– Ja, sagte ich zögerlich, ja, es passt. Also es passt hierhin und es passt zu ihm. Es ist, naja, etwas groß und, also, ich weiß, was Sie meinen.

Ich kam ins Stottern, aber ich verstand diese Plastik ohne Wenn und Aber. Sie spiegelte im wahrsten Sinne den glänzenden Minheer, ich konnte seine Stimme hören, wenn ich auf die Grate des Ms blickte, seine rollenden Rs und seine langen tiefen Umlaute. Sein ganzes überbordendes Minheer-Sein war in diese zwei Bögen gegossen, in deren gelben Flächen sich der Park und sein Schloss verschwommen spiegelten.

– Babinski, das ist atemberaubend.

– Nicht wahr.

Man sah noch die Spuren des großen Lasters, der die Skulptur in den Garten befördert haben musste. Das Grün war geplättet in vier Rinnen, einen Busch hatte es wohl beim unvorsichtigen Rangieren erwischt. Aber das würde sich schnell wieder erholen. Ich stellte mir vor, wie das M langsam einwuchs, wie es trüb wurde, anlief, wie die Natur versuchen würde, es vergessen zu machen. Es stand auf keinem Sockel, sondern auf zwei großen Metallplatten, die einfach auf den Boden gelegt waren, innen vermutlich verschraubt. Ich sah die zwei Dackel, die stets um Minheer herumsprangen, ihre Markierungen machen. Sah Herbstlaub in den goldenen Zacken. Sah es verschwinden, verglänzen. Erst dann kam mir der Gedanke, wie viel Minheer wohl für dieses goldene Selbst bezahlt haben mochte. Und uns zum Benefizessen für das Schloss bitten?

Babinski, der teure Babinski, verzog weiter keine Miene, als ich ihm von meinen Bedenken erzählte.

– Es ist ein Geschenk.

Wir traten wieder ins Haus, wo Babinski auf Minheer zuging und ihn genau wie mich vorher am Arm nahm und zur Hintertür führte. Ich konnte nicht anders, ich musste lauschen. Högni nahm ich das Weinglas aus der Hand, das er mir hinhielt und den Mund öffnete, um mich weiter zu langweilen. Ich ließ ihn in einer Drehung stehen und lief den beiden hinterher. An der Tür blieb ich stehen, öffnete sie so, dass ich die beiden zumindest leise hören konnte, sie mich aber nicht sahen.

Minheer flippte aus. Er hatte das goldene M nicht bemerkt, er war so mit den Dinnervorbereitungen beschäftigt gewesen oder mit sonst was, dass er nicht bemerkt hatte, was in seinem Park hinter dem Schloss vor sich ging.

- Babinski, großartig, großartig, Babinski, mein Freund, lassen Sie mich Ihnen eine Umarmung schenken.

Die Rs nahmen überhand, die Vokale dröhnten, die schwarze Tolle von Minheer wippte. Was Babinski sagte, konnte ich nicht verstehen, aber da der Schlossherr alles überschwänglich wiederholte und beteuerte, konnte ich es mir erschließen. Dass Minheer die Skulptur also geschenkt bekäme. Woraufhin Minheer sich als glücklichen, ach was, überglücklichen Menschen bezeichnete. Das, aber ja, die Putzfrau, natürlich, ja, auch täglich, natürlich, Fachkraft, aha, also Restauratorin, ach, was für eine schöne Auflage, aber natürlich, das wäre zu übernehmen, wenn es nur das ist, lieber Babinski, allergrößten Dank.

Ich verstand so viel: Die Auflage für das Kunstwerk, das im Übrigen nicht mehr wegzutransportieren sei, war die tägliche Reinigung durch eine Restauratorin, die tatsächlich jeden Tag aus der Stadt anreisen würde, Babinski hatte sie bereits für drei Jahre gebucht.

Minheer hatte es anscheinend noch nicht verstanden. Hatte auch noch nicht verstanden, dass diese Auflage bedeutete, dass er diese Frau bezahlen musste, dass er eine Angestellte hatte, eine hochbezahlte Fachkraft, und mit der Unterzeichnung des Vertrags, den der Künstler jetzt aus der Jackettasche zog und den Minheer schwungvoll auf dem goldenen M als Unterlage unterschrieb, war er ruiniert.

Ein bisschen leid tat mir der Schlossherr jetzt schon. Und ich war gespannt, wie viele Muschelessen er zugunsten des Erhalts des goldenen Selbst, das nun in seinem Garten stand, organisieren konnte.

Unfasslich. Babinski.

Nach der persönlichen Übergabe des Künstlers an den neuen Besitzer wurden auch wir anderen Gäste nach draußen gebeten, um den Schein des goldenen Ms zu bewundern. Man war erstaunt, man war angetan, die beiden Dackel umsprangen und bekläfften das glänzende Riesending, Kato kam an meinem Arm in den Garten hinaus und drehte ihr Lachen in meine Achsel. Sie hatte sofort verstanden, was das M bedeuten sollte, und nachdem ich sie vom Ertrag meiner kleinen Spionieraktion unterrichtet hatte, waren wir uns einig: verdient, aber auch echt fies.

Ein bisschen war uns beiden das Lachen vergangen, und wir beschlossen vor dem Beginn des Muschelessens einen Gang durch den Park. Kato immer noch an meinem Arm, sie fror wohl etwas und nutzte mich als Heizung, wir liefen langsam durch die kleine Allee, die rechts von einem trockenen Wassergraben begrenzt war.

– Wow, schau mal, was ist das?

Kato zog mich zum Graben und erst dachte ich, es sei ein schwarzer Straßenteerhaufen darin. Ich brauchte ein paar Sekunden, bis sich der Haufen in seine dunklen Einzelteile zerlegte und ich sah, dass hier Abertausende von Miesmuschelschalen im Graben lagen. Teils zerbrochen, teils heil, die unteren und die an den Rändern hatten ihren Glanz verloren, an den oberen, deutlich frischeren klebten noch ein paar Stangenselleriesschnipsel und vor sich hin trocknende Tomatenstückchen. Das war unübersehbar die beeindruckende Hinterlassenschaft einer Menge Benefizessen. Und vielleicht war das der Moment, in dem Kato und ich die Lust an der Stadt am Strom, an den muschelmampfenden Künstlern und Mäzenen, an all der idyllischen Pracht mit den stinkenden Parks dahinter verloren.

Kato nahm meine Hand, genau wie ich es vorher von Babinski geträumt hatte, sie zog mich zum Haus, zum Parkplatz, kam vom schnellen Gehen ins Rennen, und ohne Abschied zu nehmen stiegen wir in ihr Spielzeugauto und fuhren los.

Wenn ich ein Bild mit Firnis überziehe, wenn ich die Pflanzen, Menschen, Früchte, wenn ich die Details mit Dammar übermale, werden sie leise. Sie sind zu Ende und werden Kunst. Kato, wenn die Welt ihren Firnis bekommt, wenn die Welt ihren Duft verliert, welcher Sinn wird schärfer?

Waldmeistergeist

In der sechsten Woche mit der Bude war Kato so weit, ein Beet anzulegen. Sie klaute drei Rosmarinstrünke vom Nachbarn, schnitt drei Triebe aus den Weinreben des Bauern, indem sie über den Stacheldraht langte, steckte alles in die Erde, die sie mit einem Spaten und mit ziemlich lustigem Hüpfen umgegraben hatte.

– Das wächst an.

Ein Topf Lavendel, den sie beim Blumenladen gekauft hatte, gehorchte ihrem Befehl, die sechs geklauten Triebe sahen nach drei Tagen trostlos und trocken aus.

– Das wächst noch an.

Während wir begannen, uns um die Natur rund um die Bude zu kümmern, wurde deren Inneres immer klarer. Im Haus hatten wir das kleine mittlere Zimmer, die Küche, von der Decke bis zum Boden mit Spiegeln ausgekleidet. Auf dem Boden lag rotes Linoleum, das Kato noch aus Galeriezeiten übrighatte, und den klapprigen Spültisch hatte sie mit Autolack weiß angesprüht. Vor das Küchenfenster, das eh nur anderthalb Meter Sicht gab, die dann vom felsigen Hang gestoppt wurde, hängten wir ein hellgelbes Stück Stoff. Ein Raum also war weiß und grün wie eine Tischtennisplatte, der andere weiß, rot und gelb. Die großen Aluspiegel hingen in beiden Räumen.

– Ach Mirren, das sieht aus, als würden wir für die documenta üben.

– Nicht das Schlechteste, oder?

– Schau mal, ich stell noch einen Topf Waldmeister in den Raum.

– Jetzt sieht es aus wie in Grimms Märchen.

Der sternblättrige Waldmeister auf dem satten Kunstrasen. Wenn er zu blühen begann, würde man ihn nicht mehr verwenden können, erklärte Kato mir.

– Wenn du ihn frisch verarbeiten willst, passiert sowieso nichts. Du musst ihn nach dem Pflücken entweder in die Sonne legen oder ins Eisfach. Erst im Welken bekommt er diesen typischen Geruch.

– Du meinst, er beginnt zu sterben und wird dabei er selbst?

– Er ist gestorben und ist dabei er selbst geworden.

Kato nahm eine Flasche Weißwein, drehte sie auf, steckte zwei vertrocknete Stängel hinein.

– Jetzt gibt er dem Wein sein altes Leben. Die Sonne, die Erde, das Wasser, die Zeit.

Während der Waldmeister im Wein auferstand oder der Wein von ihm belebt wurde, wie auch immer, rodete ich die vielen kleinen Wege zu den Terrassen auf dem verwilderten Grundstück. Hier musste ich Äste sägen, dort Platten zu Treppenstufen legen. Die Natur um die Bude herum war ein einziges Auf und Ab und ein wildes Wogen dabei. Spätestens nach einer Viertelstunde war ich immer halbnackt und verschwitzt, und die Ästchen und Blättchen, die Baumüberbleibsel und Erdkrümel klebten auf meinen Schultern, auf meinem Rücken, fielen in meine Gartenschuhe und sammelten sich im Haar.

– Was machst du eigentlich außer Schönsein?

Kato rief es, und mir blieb nichts anderes übrig, als sie zu nehmen und durchzukitzeln.

Ich denke nun daran, da ich neben ihr auf der Holzterrasse liege. Die dünnen Schaumstoffkissen sind ein bisschen klebrig unter dem Kopf, wir haben uns einfach nach hinten fallen lassen und schauen durch das Plastikwelldach in eine milchige Dunkelheit.

Durch dieses durchsichtige Plastik hatten wir früher oft geschaut und probiert, die Raumstation, die ständig in unvorstellbarer Geschwindigkeit die Erde umkreiste, zu verfolgen. Wir hatten sie jahrelang beobachtet, immer wieder war dieser strahlende Stern an uns vorbeigezogen am Himmel, zwei leuchtende Fußballfelder zwischen den Sternen, die in unseren Augen als einziger greller Punkt ankamen. Wir hatten uns genau informiert über die Kosmonauten, die dort oben ihre Forschung taten, und rezitierten ihre Namen nachts unter dem Hanghimmel oder auf den Dächern zweier großer Stadthäuser. Skripotschka. Parmitanow. Kononenko. Romanenko. Ryschikow. Die Russen hatten eindeutig die geheimnisvolleren Namen. Kato fiel immer wieder ein neues kosmonautisches Märchen ein. Dies war das Schönste.

Es war einmal ein Kosmonaut am Ende der Welt, der wollte wissen, ob es ein anderes Ende gab. Er stieg in seine Kapsel und schoss sich weiter und weiter. Einmal traf er auf einen Hügel aus Erde auf und dachte: Hier ist es, das Ende der Welt. Doch als er ringsum Erde um Erde sah, stieg er wieder ein und flog weiter. Schließlich, nach Wochen und Monaten, stieß er gegen eine Wand, die sich erhob und deren Kanten nicht abzusehen waren. Er flog nah an die Wand und sah, dass in kleinen Wandwaben kleine Wandwespen lebten. Was ist das hier, fragte der Kosmonaut, ist dies das Ende der Welt? Nein, sprachen die Wespen im Chor, es ist der Anfang des Alls.

Und weil ich nicht verstand, weshalb der Kosmonaut nicht vom All wusste und weshalb er nicht Astronaut hieß, war das Märchen hier mit einer leicht zornigen Kato zu Ende. Lass diese Fragen, sagte sie. Wir sahen damals dem weißen Punkt am Himmel nach und wussten schon wieder von nichts.

Ich schließe ein Auge, nehme die Hand hoch, meine Fingerkuppen verdecken den Mond. Eins, zwei, drei, vier, fünf.

Kalypso

In der siebten Woche der Bude flog der Kuckuck tief. Wir hatten uns die Toilette vorgenommen, ein seltsames Gelass mit braunem Teppich und rosa gestrichenen Wänden, einer knallorangenen Klopapierbuchse an der Wand und zwei winzigen belebten Wespennestern an der Decke. Die Nester und ihre Bewohner schlug ich beiseite, die über den Teppich gewachsenen Efeuranken und die flaumigen Spinnweben, in denen Pollen hingen, genauso, die Löcher in der Außenwand schraubte ich mit Bretterfundstücken zu und die Betonplatten vor dem Häuschen hob ich an, um die Ameisen, rote und schwarze, zu vertreiben. Kato besah sich mein Tun und ich merkte, wie sie mich mochte währenddessen. Sie selbst hatte die Angewohnheit, sich an einen Fleck zu stellen, von dem aus sie alles betrachtete – Bude, Garten, Schuppen, Bäume –, um sich dann irgendwann in Bewegung zu setzen für kleine Veränderungen. Etwa ein Brett zur Beetbegrenzung aus dem Schuppen zu holen und mit Hilfe von kleinen Stöckchen zu fixieren. Oder ein geknüpftes Tuch in den Wind zu hängen an die toten Stromkabel, durch das die Sonne Schattenmuster auf das Holz der Terrasse malte. Manchmal rückte sie auch nur den Topf mit der Tomatenpflanze ein paar Zentimeter weiter. Dann wieder setzte sie sich wie ein Vogel in eine Ecke des roten Sofas und klappte ihren Computer auf, öffnete ihr letztes Dokument und begann ohne zu stocken zu schreiben wie eine Maschine, an die plötzlich Strom gelegt wurde.

Kato tippte mit sechs Fingern, vier ihrer rechten Hand und zwei ihrer linken waren in Bewegung. Es gab klackernde und rasselnde Geräusche, es gab diese müde Tastatur, die sie schon zweimal hatte auswechseln müssen, und es gab den Modus, laut und eruptiv zu tippen und im nächsten Moment wieder reglos in die Luft zu schauen. Es war genau wie bei ihren Arbeitseinsätzen an der Bude. Ein regloses Schauen, das Abzählen der Farben und Muster und Möglichkeiten und dann ein sehr entschlossenes Handeln. Manchmal waren es Zentimeter für die Tomate. Manchmal führte es dazu, dass sie drei Quadratmeter Garten umgrub.

Ich schaue auf das Beet, das Kato damals angelegt hat, Lavendel, Rosmarin, Thymian. Dic Natur hat alles andere übernommen, ein bleiches Gewächs mit weißen Blüten wächst vom Rand her auf das Nichtmehr-Beet.

– Der See, Kato, wie war das noch. Du bist hierhergekommen, zu mir, um vom See zu sprechen. Der See ist weg.

Dein Gefühl hat dich nicht in die Senke gehen lassen. Es hat dich zu mir kommen lassen. Was willst du eigentlich?

Reglos schaut sie in die Dunkelheit, Kato scheint nicht einmal zu atmen.

– Weshalb bist du gegangen?

– Weshalb bist du geblieben?, sagt sie nach einer langen Minute und schaut mich endlich an.

– Weil du mich nicht mitgenommen hast.

Sage ich und blicke in den Hang.

Als Kato und ich uns trafen in der Stadt am Strom, am Fluss, war ich bereits seit zwei Jahren dort, hatte im Versuch, ein paar Dinge hinter mir zu lassen, diese schöne, genauso verschnörkelte wie harte Stadt bezogen und mir diesen Ort besetzt. Malen konnte ich überall, meine Galeristin nahm, was sie kriegen konnte, sie bekam wenig, so viel, wie ich hergeben musste, um mein Leben zu bezahlen. Ich mochte es eigentlich nicht, meine Bilder zu verkaufen, ich hatte sie gern in meinem eigenen Besitz. Andererseits schmeichelte es mir, dass Menschen meine Kunst schätzten und wollten. Oft passierte es, dass ich Bilder nachmalte, die ich verkaufte. Sie mussten nicht hängen, sie mussten einfach nur da sein, verfügbar sein, möglich sein, mein Archiv. Dafür hatte ich zwei Lager, eines bei meinem Bruder, eines immer dort, wo ich gerade war.

Mein Bruder Boris. Er hatte sich auf dieser kleinen Insel verloren und war bei oder zumindest nah bei dieser Frau geblieben, der er zusprach, eine Göttin zu sein. Als ich ihm zum ersten Mal von Kato erzählte, sah er mich an und sagte in einer Art, die mich auf der Stelle nervte und somit traf: Nun weißt du, wie es ist.

Kalypso Kalamylos war eine Schönheit, dunkle Augen, ein rot getönter kräftiger langer Schopf, sonnengebräunte und mit Sommersprossen überzogene Haut. Ihre kleine Kneipe hieß wie sie und wie die Nymphe, die Odysseus auf der Insel Ogygia festhielt, und sie hatte schon so manchen sieben Jahre seines Lebens gekostet. Ihr Bauch war eigentlich immer rund – entweder war sie schwanger oder gerade schwanger gewesen, Kalypso schien rundum Mutter, gebar Sohn an Sohn, und dieser Modus machte sie auch als Wirtin unwiderstehlich. Fülle und füllen, keiner saß lange vor einem leeren Glas, und wer mit schwerem Herzen kam, landete in ihren Armen. Sie goss wieder freundliches Leben in leere Gesichter, und ab und an blieb jemand und kam zehn Monate später zu Vaterfreuden.

Boris war mutmaßlich der Vater von Nono Kalamylos. Zumindest hatte mein mutmaßlicher Neffe dieselben offenen Augen, das runde Gesicht und blonden Haare, die bei Boris bereits gedunkelt waren und von wechselnden Friseuren, je nach Ort und Zeit, mit Strähnchen versehen wurden. Jeder wusste, dass Boris im Sommer vor sechs Jahren drei Tage und Nächte im Bett von Kalypso verschwunden war, nachdem er mit angebrochenem Herzen, auf dem noch in blasser Schrift Tanja oder Tatjana stand, in der Taverne aufgetaucht war und – was auch sonst – mit Gimlet desinfiziert und in Kalypsos warme Fülle eingelegt wurde. Drei Tage lang musste wiederum ihr Bruder Giorgos für Kalypso einspringen, musste enttäuschte Blicke auf der Suche nach der schönen Wirtin ertragen und wieder und wieder erzählen, wie mein Bruder Boris in die Taverne kam, blutunterlaufene Augen, die Faustknöchel noch angeschwollen vom Handgemenge mit seinem Nebenbuhler, den Kampf gegen denjenigen verloren, den Kampf gegen die Kneipentür gewonnen – sie war das Letzte, das er niederstreckte, bevor er in Kalypsos Seilen hing.

Jeder wusste also, wer Nonos Papa war, doch wie bei allen kleinen Kalamylos-Kometen spielte er in seinem Leben keine Rolle. Nono war Kalypsos Sohn. Punkt. Hätte Boris dem Jungen je mehr Aufmerksamkeit geschenkt als die Übergabe einer Süßigkeit zeitlich beanspruchte, hätte er sich in der Taverne nicht mehr blicken lassen können. Und wie oft konnte ich beobachten, wie Boris seinem kleinen Spiegelbild Nono Kalamylos einen orangefarbenen Lolli überreichte, einen Moment länger als nötig das kleine erfreute Gesicht studierte, einen nach innen gekehrten Blick bekam und sich dann auf den Holzstuhl fallen ließ, um die Finger in der Schale mit Pistazien zu versenken. Boris war gefangen auf dieser Insel, an der Nicht-Seite seiner Kalypso, seines Nicht-Sohnes und Doch-Sohnes, und er war das Gegenteil von mir, blieb einfach, glaubte an die Zeit, rührte sich nicht weiter als von seinem Haus an der Küste in Santa Maria mit einem Moped über die meernahe Straße bis ins Kneipenstädtchen Naoussa und zurück. Seit Jahren. Seine Firma lief wie eine Maschine und er sah sie laufen, von weither. Boris. Der, seit er zehn war, bei Besuchen unserer Familie bei Fremden und Freunden nur taxiert hatte, was vorhanden war. Großes Haus? Pool? Grill? Viel Computerkram im Kinderzimmer? Was arbeiten die? Durch ein paar Jahre Recherche fand er heraus, dass die undurchsichtigsten Berufsbezeichnungen anscheinend den größten Wohlstand erzeugten, und wurde durch weitere Recherchen in diversen Milieus, die ich nicht weiterverfolgen mochte, und ein abgebrochenes Jurastudium eben das, was er wohl sein wollte: sehr reich und sehr traurig. Jedenfalls saß er auf dieser Insel, die auch die Insel meiner Bilder wurde, nach und nach, was ich nicht gleich abgeben wollte, brachte oder schickte ich dorthin. Was für ein Aufwand!, bemerkte Kato einmal. Und ja, es gab keinen vernünftigen Grund. Es gab nur den einen unvernünftigen, dass Boris mich überredet hatte, die Bilder gut zu verwahren, sie hier und da auf den griechischen Markt zu geben, der aber eigentlich an Gegenwartskunst nicht interessiert war. Boris bezahlte den Transfer, Boris kümmerte sich, ich vertraute mich ihm an.

Ich denke an Boris und an meine Bilder, ganz kurz, und ich denke nicht mehr an meine Bilder, und ich denke an Katos Gestalt und ich denke nicht mehr an Katos Gestalt, und ich denke an nichts mehr hier in der Bude, vielleicht Beete, und das Denken verlässt mich schon wieder, war da was? Kato ist da.

Kopfmusik

In der achten Woche stritten wir, und doch raschelte die Nacht uns in den Schlaf. Es rieselte nach wie vor aus der Wand, immer wieder bildeten sich Häufchen des grauen Zeugs auf dem Kunstrasen, immer nur drinnen, in der Bude, es rieselte nach innen, nie nach außen. Seltsamerweise ekelte ich mich nicht, es war eher ein kleiner Kälteschauer, der mich anfasste, wenn ich wieder solch ein Häufchen entdeckte. Ich musste mir etwas ausdenken. Und das hatte Folgen. Denn Kato war unzufrieden mit meinem Alleingang in ihrer Abwesenheit, der darin bestand, das dritte und letzte Zimmer, das ganz rechte Zimmer vom Eingang aus gesehen, nur ein wenig abzubürsten, die Spinnweben von den Wänden zu fegen, ein paar Zeitungen auf den Betonboden zu legen und darauf einen alten Orientteppich zu platzieren, den ich irgendwo an einer Straßenecke gefunden hatte. Ich hatte auch das alte Bett, das wir fanden, als die Bude noch eine Hütte war und wir sie noch nicht in Besitz genommen hatten, also dieses alte Bett mit seinen zwei klebrigen Schaumstoffmatratzen einfach wieder reingestellt und mit ein paar Laken bedeckt, ja nun, auch die ein wenig staubig, es war also alles noch da. Die rosa Tapete, die halbhohe speckige Holzverkleidung, die dünne Deckenverkleidung aus Kieferpaneelen und das feine Gespinst und Gewölle, das irgendwelche winzigen Tiere an dem Holz hinterlassen hatten. Und darin das alte Bett.

– Mirren.

Es war helllichter Tag, die Blätter rauschten vor dem mit dumpfer Gaze bespannten Fenster, sie schaute mich nicht an, sondern kniff ihre Bernsteinaugen zusammen, während wir auf dem Lager lagen und ich in ihren Nacken atmete.

– Ich schaff das nicht.

Ich merkte, dass sie versuchte, sich selbst zu erklären, was genau sie nicht schaffte. Ihre Erklärung wurde nicht besser.

– Ich schaff das Zimmer nicht.

– Wegen der Geister? Wegen dem Vorbesitzer? Wegen … der Insekten? Sind es die Farben?

Ich stocherte in ihren Gefühlen rum und fand keinen Funken. Sie selbst fand ihn nicht.

– Vielleicht die Insektenreste. Vielleicht diese Kieferpaneele, weißt du, mein Kinderzimmer war so ausgekleidet, aber nein, Mirren, ich weiß es nicht. Aber ich hör Musik, wenn ich hier liege.

Kato hatte Musik im Kopf, das wusste ich, wenn es entweder sehr schlimm war oder sehr schön. Irgendwann fragte sie mich, ob nicht jeder Mensch Musik im Kopf habe, und ich musste darüber nachdenken, nein, ich zumindest nicht, oder doch, vielleicht so: Jeder hatte vermutlich Musik in sich, die mal mehr oder mal weniger ins Bewusstsein gespült wurde. Katos Bewusstsein war sehr offen. Wenn sie lief oder schwamm oder Rad fuhr, wenn sie sich anstrengte, war die Musik in ihr laut gedreht. Einmal erzählte sie mir, dass ich die erste Person sei, die ihr die Musik abdrehen konnte. Bei dir ist die Stille, sagte sie, dann, wenn ich komme, dreht sich alles ganz langsam um, die Musik innen hört auf und ich bin laut für dich.

Ich wusste, dass sie nicht laut war für mich, sondern für sich selbst, aber das zu bemerken hätte damals die Unterhaltung zu kompliziert gemacht.

Jetzt aber war die Musik da, weil es nicht schön war und Kato sich beruhigen musste, weil das Zimmer so war, wie ich es gemacht hatte.

– Pass auf, wir räumen alles wieder raus und streichen die Wände weiß. Und den Teppich klopfen wir nochmal aus. An die Decke können wir Papier kleben. Oder wir streichen sie auch weiß. Was denkst du?

Sie schwieg und ging auf die Terrasse. Schaute zum Fluss. Kam wieder in den Raum, in dem ich noch lag.

– Das ist auch mein Ort.

– Aber ja, ich versuch doch ihn herzurichten für uns beide.

– Du begreifst es nicht. Es ist auch mein Ort, und wenn er für uns beide funktionieren soll, dann muss er für uns beide gut sein, dann muss er für mich still sein.

– Weiße Farbe.

– Ja, weiße Farbe. Keine Kiefernpaneele. Keine rosa Tapete. Und vor allem kein Spinnenatem.

Ich sah sie an, ich sah keine Frau, die Spinnen nicht mochte, ich sah eine Frau, die keinen Spinnenatem mochte und die ich liebte.

Ich stand auf, stellte die beiden Sessel aus dem großen Zimmer auf die Terrasse, klaubte die Schaumstoffmatratzen aus dem alten Bett, legte sie auf den Kunstrasen, breitete die Laken darüber aus und legte die beiden schweren gemusterten Decken darauf. In dieser Nacht schliefen wir das erste Mal in der Bude, träumten von Regen, beide.

Kato ist da. Ich bin da. Ich war schon lang da und sie ist wieder da. Ich muss versuchen, mich zu fassen: Ich war also immer da, oder nicht? Da war doch der Fluss. Und der Hang. Und der Eiskeller. Aber jetzt. Aber jetzt. Ist sie da. Und der See ist weg.

– Lass uns eine Liste machen von all dem.

– Eine Liste?

– Die List eine Liste. Was ist weg, was ist da. Bitte, ich fühle mich dann besser.

Ich drehe mich um und greife auf den Tisch, eine Kerze, ein Blatt Papier, ein Stück Bleistift.

– Dann sag, Kato.

– Liste der verschwundenen Dinge. Schreib auf. Genau,

daneben: Liste der gebliebenen Dinge. Und jetzt schreib unsere Namen darunter.

Babinskis Lächeln

In der neunten Woche fing ich mit dem Eiskeller an. Ich weiß gar nicht genau, woher ich das Wort hatte, die Idee, ich wolle ein Loch in den Hang hauen, in ihn fahren, vielleicht so wie Kato ins Wasser glitt. Sie war eine sehr besondere Schwimmerin, es gab keine Wasserfläche, die sie nicht auf ihre Verletzbarkeit prüfen wollte, sie stieg in jeden See, fuhr jedes Freibad an im Sommer, sie kraulte langsam, präzise, fuhr mit der Handkante ins Wasser ohne Spritzer, zog Bahnen, als ob sie durch eine Kanüle mit Unterdruck glitt, durch die kleinstmögliche Öffnung nach vorn, als ob im Wasser ein Loch wäre, glitt sie vorwärts, es sah langsam aus, aber es war schnell. Und lange, Kato konnte eine Stunde durchkraulen, eine Stunde, ich war voller Staunen damals, als sie in meinem Hallenbad auftauchte und sich ins Wasser einfügte. Dunkler Korpus, helle Arme, Beine, helle Haare, die Augen hinter der verspiegelten Schwimmbrille.

An Katos Wasservertrautheit dachte ich, als ich am Hang stand, an der Stelle, in die ich den Eiskeller hauen wollte. Ich wollte in den Berg gleiten. Der Aushub sollte diese verdammten Asbestplatten verdecken, auch den alten Kühlschrank und anderen Hüttenschrott, sollte als kleiner

Hügel am Hang zum Beet werden. Und der Eiskeller. Vielleicht für kühlen Weißwein, ein paar Flaschen Mineralwasser, egal, es war mir gleich, es war ohne Plan, es war das Wort Eiskeller, das mir in den Sinn kam, und ich fing an, ihn in den Hang zu kraulen.

– Mirren, ich hör dich die ganze Zeit fluchen, was zum Teufel machst du da?

Kato rief es damals von der Terrasse in den Hang hinein, sie konnte von oben wohl nicht sehen, wie ich mit meinem selbstgebauten Meißel auf die ersten Hindernisse nach der ersten weich geregneten Erdschicht stieß. Es hatte geregnet in der Nacht, und dieser Gewitterregen war so massiv und wütend gewesen, als ob er in ein paar Stunden die Versäumnisse des trockenen Aprils und des viel zu warmen Mais wettmachen wollte. Die Luft war noch feucht und Kato saß auf dem roten Sofa mit Blick auf den Fluss im Tal, schrieb, und ich hatte gesehen, wie sie eine Kopfschmerztablette genommen hatte gegen den Rotwein am Abend. Eigentlich wollte sie eine Tomate umpflanzen, aus einem viel zu kleinen Topf in eines der Betonbehältnisse, mit denen der ehemalige Hüttenbesitzer die abfallende Seite zur Zisterne gesichert hatte. Ich hatte ihr gerade noch das Gestrüpp herausgerissen.

– Da wächst was, das nicht wegwill.

– Was denn?

– Das Übliche.

Kato lachte über meine Lakonie und sank ins Sofa, mit einer Bewegung, die klar machte, dass sie dortbleiben wollte. Keine Tomate, Text.

– Ich weiß, wo der Hirschkäfer ist!

Sie rief es den Hang runter.

– Musst aber nicht hochkommen, der ist so langsam, der bleibt, bis du fertig bist.

Am Abend zuvor hatte ich einen riesigen schwarzen Hirschkäfer hinter der Bude gefunden, von dem ich erst dachte, er sei tot, bis er sich ganz langsam zu bewegen begann. In Zeitlupe klammerte er seine Geweihgreifer mal zusammen, mal öffnete er sie. Kato sah ihn lange an.

– Wie meine Mutter.

Ich hatte Katos Mutter nicht mehr kennengelernt, sie erzählte nicht viel von ihr, außer die Anekdoten mit den Gartenlisten oder davon, wie ängstlich sie gewesen war und wie stark. Ich wusste, dass Katos Mutter sehr krank gewesen war und diese Krankheit jahrelang mit sich trug als Geheimnis, über das sie wie unter einem Zwang immer mehr Stärke gießen musste. Kato lebte schon lange nicht mehr in dem kleinen belgischen Dorf, in dem sie aufgewachsen war, fuhr aber früher ein paar Mal im Jahr zu ihren Eltern. In den Blätterteig der Kindheit, wie sie ihn nannte, und von dem sie wollte, dass er sich Besuch für Besuch zuverlässig um sie lege und von dem ich mir für sie so sehr gewünscht hätte, dass es ein Hefeteig gewesen wäre.

Mehr und mehr vom Teig blätterte ab bei ihren sporadischen Besuchen, auch wenn ihre Eltern so taten, als wäre nichts.

Die Langsamkeit ihrer Mutter fing langsam an. Im Nachhinein ließ sich alles zusammensetzen zu einem konsistenten Krankheitspuzzle, doch als die ersten Symptome kamen, waren sie einzelne Unglücke, Beschwerden, Lästigkeiten. Fast fünfzehn Jahre, bevor die Krankheit sie endgültig übernommen hatte, begannen ihre Augen zuzufallen, nur mit Mühe konnte sie die Lider heben, damals arbeitete sie noch und musste mit dem Auto fahren, was aber nicht ging, denn die Lider wurden zu plötzlichen und unkontrollierbaren Klappen für das Außen. Kato erzählte mir, wie ihre Mutter zu Ärzten ging, wie sie milliliterweise Nervengift in die Schläfen injiziert bekam. Ihr Gesicht wurde zu einer reglosen Maske, faltenfrei zwar, aber ohne jede Emotion. Diese leere Bühne war schwer zu ertragen für Kato. Das Lächeln, das schon vorher nicht da war, wo es hingehörte, nämlich in Katos Richtung, das sich nicht mal abwesend nennen ließ, weil es nämlich einfach nicht da war. Kato hatte es so oft gesucht, als Kind, als Erwachsene, mit dem einzigen Unterschied, dass sie irgendwann um ihre Suche Bescheid wusste.

Katos Mutter begann zu fallen. Brach sich den Unterarm. Brach sich die Wirbelsäule, den Wangenknochen. Es begann die Zeit der Metallplatten, von denen die Ärzte sagten, dass es sich nicht mehr lohnen würde, sie wieder herauszuoperieren.

Als Kato einmal von einem Journalisten gefragt wurde, in welche Zeit sie mit einer Zeitmaschine gerne reisen würde, meinte sie: Ich würde wohl gerne meinen Eltern begegnen wollen in meinem Alter, mein Kind (ach, Kato) mitnehmen, es mit mir selbst spielen lassen, mich derweil mit meinen Eltern hoffnungsvoll betrinken.

Sie sagte noch ein paar merkwürdige Sätze in diesem Interview, aber gerade diese Idee war so sehr sie selbst, dass ich damals, als ich es in der Zeitung las, sofort ihre leicht betrunkene Ausgelassenheit spürte. Als ihr Großvater beerdigt wurde, erzählte sie mir einmal, war sie es, die nach einer anonymen Grabrede eines Pfarrers und einer völlig tränenlosen Gedenkfeier in einer Kapelle in den Keller ihrer Eltern ging, eine Flasche Jenever auf den Tisch knallte und die Anwesenden, ihre Familie, Freunde, die ganze kleine belgische Nachbarschaft zwang, mit ihr zu trinken. Die kleinen Gläser gefüllt mit Haube, also bis zum Rand und bis sich der Schnaps wölbte, und dann kamen die Geschichten, dann kamen die Tränen, der Abschied.

Das war lang, bevor wir uns kennenlernten. Die Krankheit ihrer Mutter endete, bevor wir uns trafen. Lange Zeit, bevor wir zusammen die Stadt am Fluss verließen.

Eigentlich hatte sich Kato keine Begleitung gewünscht, sie war gut allein und ganz mit ihren Stillleben beschäftigt, ihr flämisches Projekt gedieh und wollte mehr Kraft und Zeit, als sie allein hatte, darum musste sie gezwungenermaßen Mitarbeiter beschäftigen. Sie konnte es nicht leiden, andere Leute zu kommandieren und war ganz froh, wenn sie sich aus der Verantwortung nehmen konnte. Kato als Chefin war ein Versehen. Högni und Dirk, es war irgendwann zu viel für sie, die beiden zu delegieren, sie morgens auf Obstbeutezüge zu schicken oder sie Dispositionen für die Produktionsabläufe schreiben zu lassen. Früher, erzählte sie, habe sie einmal kurz in einem großen Unternehmen gearbeitet, aber dann schnell die Flucht ergriffen.

– Weißt du, gute Chefs entstehen doch aufgrund ihres Intellekts, nicht aufgrund ihrer Position, das ist zwar nicht offensichtlich, aber das verunsichert über die Jahre jedes Arbeitsverhältnis. Weil der Chef, den du hast, sich immer mit dir messen wird und so eine Hintergrundangst hat, dass du vielleicht mehr kannst oder weißt oder bist. Und das ist verrückt. Stell dir das vor wie beim Schwimmen. Du steigst in ein Becken, denkst, du machst dein Ding, kraulst los und dann ist da plötzlich doch jemand auf der Bahn neben dir, der dich versucht zu überholen, oder du selbst denkst, du musst den mal überholen. Das Interessante am Wasser ist ja, das ist vollkommen ohne Kommunikation, das ist reines: Wo will ich hin, da ist noch irgendwas mit mir im Element. Wer schlägt als Erstes am Beckenrand an? Und dieses Anschlagen ist ja auch so einfach zu decodieren: Wer kriegt als Erstes wieder Luft? Wer ist an Land?

Mirren, das ist sowas von archaisch, ich mach bei vielen archaischen Dingen mit, wir können Brot über dem offenen Feuer rösten und vögeln als gäb's kein Morgen, aber da, mein Ernst, nein danke.

Ihre Einstellung Hierarchien gegenüber brachte mich zum Nachdenken, vor allem aber machte ich eine Erfahrung. Kurz nachdem wir uns von dem Muschelessen befremdet die ersten Überlegungen erlaubten, eine neue Bleibe, ein anderes Land, ein anderes Leben im Leben zu suchen, legte ich mich mit dem Schwimmmeister meines Hallenbades an.

Er mochte mich nicht, das wusste ich bereits, als ich David zum ersten Mal begegnete, er schaute angeekelt auf meine Finger, mit denen ich gerade noch die Druckpresse bedient hatte. Die Farbe war so in die Fingernagelränder eingesickert, dass es unmöglich war, sie abzuwaschen. Und es war nur ein Vorgeschmack auf mein immer wieder farbbeschmiertes Auftauchen, das Liv sehr süß und David einfach eklig fand. Dabei war ich mit den schönsten Farben gezeichnet. Mal hatte ich eine Flusslandschaft mit Flaschengrün, Turmalin, Minz- und Moosgrün gestaltet, mal ein Verdaccio für ein Portrait vorbereitet, mal hatte ich attisches Ocker benutzt, um ein Weizenfeld zu malen oder pompejanisches Rot zu einem Hausdach verarbeitet. David war das egal, für ihn war ich dreckig, so dreckig, dass nicht mal die Dusche zu Beginn der Schicht half.

Mit diesem fragwürdigen Kredit also traf ich an einem Herbstmorgen an der Schwimmhalle ein, die Arbeitswegdunkelheit hatte schon eingesetzt und die warme Chlorluft schlug mir freundlich entgegen, als ich die zweite Glastür öffnete, die in das Gebäude führte. An der Kasse saß niemand, die Kabine war noch dunkel, der Gang zu den Duschen auch, ich ging gleich links in die Belegschaftsräume und zupfte meinen Spindschlüssel aus der Rucksacktasche. Da lagen meine rote Hose, mein rotes T-Shirt, meine Schlappen, ich zog mich aus und nahm erstmal nur ein Handtuch, um mir eine Dusche zu gönnen. Wir mussten nicht duschen am Schichtbeginn, aber wir konnten, und ehrlich gesagt fühlte ich mich in dem feuchten, warmen Milieu der Halle besser, wenn ich mich nicht roch, nicht die zurückliegende Nacht, nicht mein Atelier, nicht meinen Tag in der Stadt um mich hatte. Ich gefiel mir im Neutralen, auch wenn die Farbspuren ständig mein zweites Sein auswiesen.

Es war noch etwas Zeit, bevor die Schwimmhalle aufmachte, und ich hatte mich zunächst nur in meine Badekleidung begeben, um kurz ins Wasser zu gleiten, wach zu werden, leicht, eine Bahn durchkraulen, zwei, dann tauchen. Wenn man ohne Wissen eine ganze Bahn durchtauchen möchte, geht das nicht ohne weiteres, wenn man weiß wie, geht es ganz leicht. Zwanzig, dreißig Meter, langsam gleitend. Ich hatte Kato gezeigt, wie es geht. Am Beckenrand ins Wasser, tief hinunter, abstoßen mit den Füßen, und dann tief bleiben, zwei Meter mindestens, kurz vorm Boden, die Hände vorn, der Kopf dazwischen. Erst wenn der Auftrieb kommt, die Arme wie beim Brustschwimmen mit Kraft auseinander bewegen, und wenn die Hände ausgebreitet auf Schulterhöhe sind, wieder zusammennehmen, die Handflächen wie beim Beten erst, dann, als wolle man das Gebet im letzten Moment stoppen, die Flächen drehen und unterm Körper das Wasser wegschieben. Ich hatte Kato am Beckenrand die Bewegung vorgemacht und sie hatte über meinen Tanz dabei gegrinst.

– Das ist die Schlüssellochtechnik, bitte kein Gelächter.

Daran dachte ich, als ich am Beckenrand hing und meinen Atem ruhig werden ließ. Die Hallentür ging auf und Liv schlappte ins Bad, hinter ihr David, und damit waren wir komplett. Vera, die Kassenfrau, saß sicher auch schon vorn.

Sie grüßten ins Wasser, kurze Zeit später saßen wir mit drei Kaffee zur Arbeitsbesprechung im Glaskasten, von dem aus wir die Becken überblickten. Etwas war komisch, das merkte ich sofort, und dass hier ein Ungleichgewicht von Wissen und Nichtwissen eine Rolle spielte, war mir auch schnell klar. Die Art, wie die beiden sich ansahen, wie Liv mich überfreundlich auf Zucker und Milch hinwies und David reglos und angespannt dasaß, das war neu und seltsam. David fing an.

– Mirren, pass auf, bevor wir hier starten, du musst dir was ansehen.

Er ging zu den Bildschirmen, auf denen der Eingang und der Gang vor den Umkleiden, der Gang zu den Duschen und das kleine Whirlpool-Becken um die Ecke zu sehen waren. Schwarzweiß und verrauscht und doch alles still, menschenleer, die Wasserflächen ruhig, die Jacuzzianlage nicht an.
– Hier, du hattest letzten Donnerstag Aufsicht. Kannst du mir erklären, was wir da sehen?

David hatte es anscheinend vorbereitet, er drückte auf den Wiedergabeknopf und auf dem Timecode änderten sich das Datum und die Uhrzeit auf vergangenen Donnerstagnachmittag. Die gleichen Ansichten, bloß plötzlich voll mit Menschen, die Bahnen belegt, vor den Umkleiden ein graues Gewusel. Erst sah ich nichts als das Übliche, schon hundertmal angeschaute Leute im Hallenbad. Ich schaute zu David, der jetzt einen Arm ausstreckte und auf jemanden deutete, der an den Umkleiden entlangging und in der großen Familienkabine verschwand. Groß, sportlich, elegant, vermutlich gerade auf dem Weg zur Schnellschwimmbahn. Mir wurde schwindelig. In diesem Moment tauchte eine zweite Figur auf, und Figur war das richtige Wort, die Frau hatte einen sehr hellen Badeanzug an und sehr helle Haut, beides verschwamm auf dem Bild zu einer Einheit, wie eine belebte Statue sah sie aus, und die zur Olympiarolle gesteckten, etwas dunkleren Haare taten ihr Übriges zum Bild. Sie verschwand ebenfalls in der Familienkabine.
– Okay, zwei Leute in einer Kabine, was soll's, was soll das jetzt?

Ich schaute David an und er hob nur das Kinn, schau weiter.

Im Gang erschien ein Typ, der mir bekannt vorkam. Schmale Gestalt, gute Proportionen, längeres Haar, das nach hinten gekämmt war. Selbst durch das wolkige Bild der Kamera erkannte ich die Cowboyfalten auf den Wangen, das stete Lächeln. Er ging in die Kabine neben der Familienkabine und schloss ab. Der Schwindel wurde heftiger, mein Kopf wurde heiß, ich merkte, wie ich Atem holte, bevor ich sprach, ganz ruhig sprach.

– David, was soll das. Menschen, die in Kabinen latschen, ich vermute mal auf der anderen Seite wieder raus in Badesachen.

Liv schaltete sich jetzt ein und sprach, nachdem sie erstmal ein paar Minuten gegen meine Schulter geatmet hatte, nun dagegen.

– Aber kennst du den Mann nicht?

Ich drehte mich um, David fing wieder an.

– Du hast den Mann gesehen, der in die hintere Kabine gegangen ist? Der war am Freitag hier. Er habe Tonaufnahmen gemacht, brauche noch ein wenig Bildmaterial und wolle das dann gern für eine Videoarbeit verwenden, ob wir ihm das Material geben könnten. Er sei Künstler. Ich hab ihm gesagt, dass das datenschutzrechtlich unmöglich ist und dass er sich verpissen soll. Aber Mirren, tut mir leid, das gilt auch für dich. Das war echt einer zu viel.

Die Belichtungsklappe meines Gehirns schien in diesem

Moment runterzufahren. Aber ja. Das war ich gewesen, das war Kato, das war dieser typische Beginn eines Donnerstagfeierabends bei ihr, sie kam ins Hallenbad, wir vögelten ganz kurz ein bisschen in der Familienkabine und sie machte danach ihre Bahnen. Ich versuchte nicht so laut zu sein, sie war sowieso sehr leise, und dieser verdammte Babinski hatte trotzdem, was hatte er eigentlich, er hatte unseren kleinen Feierabendgesang aufgenommen, und was wollte er, ihn zu Kunst machen?

Vermutlich hätte ich in dem Moment noch die Möglichkeit gehabt, David weiter anzulügen, ihn nochmal umzustimmen, ihm ein bisschen was zu versprechen, ungeliebte Schichten abzunehmen. Aber ich war verwirrt von dieser Aktion Babinskis und ich empfand Davids Rolle in dem Spiel absolut übergriffig. Außerdem brachte sich Liv ins Spiel.

– Tut mir leid, aber ich musste David das mit letztem Monat sagen.

Letzten Monat. Es war ein Donnerstag, mal wieder, und kaum hatte ich mich mit Kato hochgeschaukelt, da hörten wir Liv durch den Gang nach mir rufen. Irgendwann stand sie vor der Familienkabine und klopfte. Es war zwecklos, sie hatte unser lautes Atmen gehört, Kato setzte sich auf die Bank, ich zog meine roten Klamotten an und wand mich aus der Kabine. Liv schaute mich an, und am Rande ihres Ärgers, wenn man von ihrer Zornfalte zwei Schenkel nach unten zog, sah ich das Dreieck ihrer Verletztheit, sah die traurigen Mundwinkel, ihren zitternden Mund. Zugegeben, als ich im Hallenbad anfing, war ich mit Liv ein paar Mal im Hopper gewesen nach der Schicht, und nach dem Hopper in ihrer kleinen Wohnung, in ihrem schmalen und nach Weichspüler riechenden Bett. Nachdem Kato mich einfing oder ich sie, hatte ich diese kleinen traurigen Begegnungen einschlafen lassen, nachdem Kato in mir eingezogen war, rückte Liv in eine absurde Ferne. Als sie hier so vor mir stand, traurig, sauer, mich ertappend und mich wieder in die Halle auf meinen Posten zitierend, lud sie ihre ganze Verletztheit auf mir ab.

Natürlich hatte sie es David gesteckt, und natürlich musste bei ihm ein Film angehen, der kein guter war. Vor ein paar Jahren hatte es einen großen Skandal gegeben im Bad, an dem eine kleine Sauna angeschlossen war. Irgendein Voyeur hatte mitten in der Saunierzone kleine Kameras angebracht und die sehr detaillierten Bilder unter dem Pseudonym Dr. Nackt ins Internet gestellt. Man hatte, soviel ich weiß, nie rausgefunden, wer der kranke Kerl war, aber David hatte mächtig Ärger bekommen. Einen ähnlichen Vorfall konnte er sich nicht nochmal leisten. Jetzt stand er da und zeigte mir mit erhobenem Arm die Tür.

Ich drehte mich halb um, ging ohne ein Wort aus dem Aufsichtskasten und ließ es mir nicht nehmen, David dabei so beiläufig und bestimmt anzurempeln, dass er rückwärts auf die Bildschirme stolperte.

– Du dumme Sau.

Er zischte mir hinterher.

– Hast wohl gedacht, du kannst hier diese Kabinenausflüge machen und ich merk's nicht. Komm, pack deine Sachen und hau ab.

Liv stand im Türrahmen und machte mir Platz, zog nur die Augenbrauen in die Höhe und mir stieg bei dem Anblick der Weichspülergeruch in die Nase.

– Mach's gut, Mirren.

Bis ich die Halle verließ, sagte ich kein Wort. Ich ging noch einmal am großen Becken entlang, das sich langsam füllte, hatte die Phantasie, mich an den Rand zu stellen und hineinfallen zu lassen.

Kato und Mirren, schreibe ich, Mirren und Kato.

Nackt

In der zehnten Woche der Bude begann die Hitze, und der Bau des Eiskellers wurde durch eine Gesteinsschicht gestoppt. Das war der Moment, in dem es wieder in die Bude selbst ging, mit zehn Liter weißer Wandfarbe, einem großen Eimer mit Tünche. Ich weiß noch, Kato hatte ein Hängerkleidchen, orange- und cremeweißgeblümter Stoff, der nur durch zwei Spaghettiträger gehalten wurde und in das sie sich warf, sobald wir den Hang heruntergestapft bei der Bude ankamen. Dann wurde sofort die Markise,

eine meiner alten Leinwände, gespannt und ich zog meine Kleider ebenso aus wie Kato ihre, wir waren Menschen, die bei Hitze einer Tätigkeit nachgingen, sich gerade so bedeckten und auf keine Konvention hörten.

Ich war in die verfallene Nachbarhütte eingestiegen und hatte ein paar Dinge geborgen, die mir sehr passten. Ein paar nützliche Dinge wie eine Spitzhacke und ein Stück Dachrinne. Aber auch ein paar Spielzeuge, die seit mindestens zwanzig Jahren dort zurückgelassen und ihrem Verfall preisgegeben waren. Ein Plattenspieler etwa, ein Kartenspiel, ein Kofferradio und ein paar Bücher. Und eine große alte Hängematte, die ich erst für ein Fischernetz hielt. Die lag in einem beinahe ganz zusammengefallenen Schrank und war von unverwüstlicher Intaktheit und atemberaubender Muffigkeit. Kato war begeistert, als ich sie ihr präsentierte, und hängte sie sofort zwischen zwei dicke Terrassenbalken. Als sie zum ersten Mal darin lag und dann aufstand, hatte ihre Haut ein Karomuster angenommen. Ihr Hintern war in Rauten zerteilt und ihre Unterschenkel, Schultern und Oberarme ebenso. Sie legte eine Decke hinein, aber die hielt nicht viel ab von den dünnen Fäden, die wie Paketschnur aussahen und es vielleicht auch waren.

Ich hatte meine guten Sachen an und zog sie aus, als es an die Wandfarbe ging. Ganz nackt wollte ich nicht streichen, und so riss ich einen Halsausschnitt in einen Papiersack und stülpte ihn mir über. Kato musste so lachen, sie bekam kaum mehr Luft. Als es wieder ging, sah sie mich streng an.

– Mirren, was soll das? Zieh dich wieder an oder zieh dich ganz aus, dein Ernst?

– Aber das ist das Leben. Ich will jetzt einfach nicht nackt sein. Und ich hab nur meine gute Hose dabei. Du hast auch dein Kleid an. Und weil das Leben so schön ist und praktisch, nehm ich den Sack. So.

– Gut. Du hast es nicht anders gewollt.

Und das Märchen für die beinahe Nackten ging so.

Es war einmal ein Haus, das hatte genug von den Rollläden und Jalousien, die seine Augen verhängten. Jede Gardine war ihm zu viel. Jede Topfpflanze ein Dorn. Und so beseitigte es Nacht für Nacht die Blümchen, Hölzer, Blätter und

Stoffe, die ihm die Sicht auf die Straße verwehrten. Die Bewohner des Hauses waren ratlos und hilflos. Jeden Morgen strahlte die Sonne durch die Fenster, jedes Lebenszeichen war vom Nachbarhaus aus zu sehen, alle Vorhänge lagen im Vorgarten. Die Augen des Hauses waren klar und offen, und es behauptete gegenüber seinen Nachbarhäusern, dass es bedeutend besser schlief als früher.

– Find ich ein bisschen einfach. Jetzt hast du nicht erzählt, wie es den Hausbewohnern ergangen ist. Die Armen. Vollgemüllter Vorgarten.
– Die haben auch besser geschlafen.

Wir hatten damals gestrichen, das letzte Zimmer, und tatsächlich hatte Kato Recht, alles wurde heller und stiller, die weiße Farbe war eine Übernahme, ließ das Rosa der Wand, die braune Vertäfelung, die Spinnweben und rostigen kleinen Nägel in den Leisten hinter sich. Klar Schiff. Den alten Bettrahmen hatte Kato moosgrün lackiert und die klebrigen Schaumstoffmatratzen in weiße Laken eingewickelt. Segel gesetzt.

Das Bett ist noch hier, steht hinter uns in den weißen Räumen, die weißer geworden sind. Ich schaue hinter mich. Stehe auf, ich muss wohl eine Kerze angezündet haben, es ist hell im Zimmer. Mehr als kerzenhell.

– Kato, das Bett, war das nicht grün, moosgrün?
– Ich weiß nicht mehr, der Rahmen, er sieht doch eher grau aus, oder ... was ist das für eine Farbe?

Ich sehe sie an und sie betrachtet den Raum, der immer heller wird, wie es scheint. Zu uns nach draußen auf den Terrassensteg über dem Hangmeer. Die wenigen Möbel und Dinge im Zimmer scheinen allesamt hellgrau oder nein, wie dunkler Schnee, selbst der Kunstrasen, eine dicke Decke, kein Ding wirft einen Schatten, woher das Licht kommt, mir ist es schleierhaft. Wir stehen mit den Gesichtern zu den beiden Budenfenstern gewandt. Kato steht vor dem rechten. Ich stehe vor dem linken. Hinter beiden ist es hell, bleiweißhell.

Prinzessinnen

In der elften Woche warteten wir auf die Tomaten, die wie dicke Erbsen an den beiden Sträuchern hingen, und über den aufstrebenden Stängeln stand ein Bäumchen, in dem ebenfalls etwas heranwuchs.

– Guck mal, werden das Pflaumen?

Ich hatte keine Ahnung, die Zweige des dünnen Baumes hatten vereinzelte lange Dornen und ich wusste wenig von Bäumen und Sträuchern, viel weniger als Kato, ich war immer in Städten gewesen und ich warf mich immer nur in Detailwissen von der Natur, wusste von einzelnen Dingen genau und von anderen nichts. Dass der größte Baum an der Bude, der unsere Veranda in den schönen Abendschatten legte, eine Eberesche war, wusste ich nur, weil ich im zweiten Semester an der Kunsthochschule einen Ebereschenzweig zeichnen musste und mich stundenlang mit seiner fedrigen Blattstruktur und seiner Holzoberfläche beschäftigte. Eine Eberesche, deren Holz schön hart war, deren Borke zum Rotfärben von Wolle genutzt und deren Früchte sicher irgendwann von Kato für das Ansetzen eines Liqueurs benutzt werden würden.

Aus der Stadt am Fluss, aus Katos Dachbodenatelierküche hatten wir einen alten Kelim mitgebracht, den ich probehalber in die Bude schaffte und auf den Boden der Terrasse legte. Er roch noch nach unserem früheren Leben und hier auf dem Holz überm Hangmeer sah er so unpassend aus, dass wir ihn liegen ließen. Wir hatten den Außenraum zum Innenraum gemacht, und als die Hitze kam, legten wir uns auf den Teppich und fächelten uns abwechselnd mit einem runden japanischen Fächer Kühle zu. Prinzessinnen Kato und Mirren, wir sprachen mit hohen Stimmen zu unserer Dienerschaft, ließen sie uns Katos Lieblingsbuch bringen, das über tausend Jahre alt war.

– Wusstest du, dass die kaiserliche Katze den Rang einer Hofdame hatte? Und hier.

Prinzessin Kato las vor:

– Vornehme Dinge.

Blassviolette Kindergewänder, mit einer Lage weißen Seidenflors gedeckt.

Das Gelege von Wildgänsen.

Geraspeltes Eis, mit Sirup übergossen und in einer funkelnd neuen Metallschale serviert.

Gebetsketten mit kristallenen Perlen.

Blühende Glyzinien.

Mit Schnee bedeckte, in Blüte stehende Pflaumenbäume.

Niedliche Kinder beim Verspeisen von Erdbeeren.

– Das ist wunderschön.

Ich wusste in dem Moment, woher Kato ihre Listen hatte, die sie tatsächlich seit unserem Weggang aus der Stadt am Fluss und seit unserer Budenankunft noch einmal mit größerem Furor schrieb. Ich dachte, ich hatte sie inspiriert. Aber nein. Es war Prinzessin Shōnagon.

Als Kato das letzte Mal bei ihren Eltern war, erzählte sie, habe sie aus dem Wohnzimmerfenster in den üppigen Garten geschaut, ein weites Areal, dicht mit Kirschbäumen, einem riesigen Walnussbaum, sogar einem Mammutbaum, den der Nachbar gepflanzt hatte. Alles war so unfasslich groß geworden, erinnerte nicht mehr an die Brache, auf die die Eltern ihr Haus gesetzt hatten, sie hatten es selbst entworfen und fast alles hatten sie selbst gebaut. Die Kinder halfen mit, wo es ging, hier etwas Kleines streichen, dort Unkraut zupfen und Samen in Erdfurchen streuen. Auf der Baustelle, der Brache, gab es Kakao und Marzipanstrudel am Nachmittag. Und alle Pflanzen, alle Bäume, Obststräucher und Hecken waren klein wie die Kinder. Kato spielte im Kinderwald, einem Buschareal auf der anderen Seite der Straße. Sie rauchte dort hustend Stroh mit den Nachbarjungen, und die einzigen Irritationen waren mal der Fund einer Damenbinde oder einer toten Katze. Sie stapfte im niedrigen Bachwasser und überblickte ihre Welt.
– Weißt du, was mein erstes Wort war? Stein. Tein. Und

weißt du, wie meine erste Puppe hieß? Petra. Also auch Stein, Felsen, Petra ist das altgriechische Wort dafür. Petra hieß meine Kindergartenschwester. Was machen diese ganzen Steine in meinem Leben? Ist das normal, dass du grade versuchst, einen Eiskeller in den Felsen zu hauen, auf dem wir liegen?

So plapperte Kato auf dem Kelim und ihre Fächerhand klapperte uns dabei Luft zu.

Ich kam in Gedanken gar nicht bis zum Stein, ich war noch immer bei Katos Blick ins üppige Grün. Aus dem Wohnzimmerfenster, das ich nicht kannte. Ich schaute Kato an, wie sie im Gedankenaussprechen hin und her sprang, und mochte es, dass der Garten ihrer Kindheit ihr hier neben mir über den Kopf wuchs.

– Woher kennst du eigentlich Babinski?

Ich saß am Abend nach meinem Rauswurf aus der Schwimmhalle am Tisch, den Kato mit ihrer aktuellen Übung im Stilllebenvorkochen gedeckt hatte. Sie hatte probiert, ein Menü aus fermentierten Zutaten herzustellen, hatte Früchte getrocknet, in schwimmenden japanischen Meeresalgen zu einem sprudeligen Getränk ziehen lassen und alle möglichen Gemüse eingelegt. Am Ende schmeckte alles ein wenig nach saurer Gurke, aber dahinter waren die Karotten und Artischocken noch gut zu bemerken.

– Das ist eine lustige Geschichte, ich kenn ihn eigentlich noch gar nicht lang, weißt du, kurz bevor wir uns im Museum begegnet sind, vielleicht ein halbes Jahr vorher.

Und Kato holte aus. Wie sie mit ihrem alten Fahrrad mit den rostigen Schutzblechen an einer Ampel stand und plötzlich ein Mann neben ihr meinte: Eine schöne Farbe, die Bleche, wie ein Sonnenuntergang. Und sie kurz lächelte, über die Straße in eine Apotheke ging und der Mann immer noch neben ihrem Rad stand, als sie wieder rauskam. Wie sie seine in der Winterkälte tropfende Nase sah und sein schönes Gesicht, die schmalen Augen, und wie sie ihm erlaubte, ein paar Meter neben ihr her zu gehen. Wie er anfing, von Anna Karenina zu reden, dem Roman, den er

gerade lese, wie er sie fragte, ob sie mit ihm einen Kaffee trinken komme. Wie Kato ihm sagte, sie habe leider keine Zeit und ihm einen falschen Namen nannte. Wie sie sich zwei Wochen später wieder an derselben Ampel begegneten und sie dann doch mit ihm einen Kaffee trinken ging. Und wie sie sich einmal ganz kurz küssten, mitten am Tag, über das Mittagsmenü eines Italieners hinweg, und wie sie sich aber schnell einig wurden, dass es nicht reiche, das Gefühl, und dass man ja trotzdem Freunde sein könne.

Kato erzählte mir ihre Geschichte ganz unbefangen und ich dachte: Etwas stimmt nicht. Nicht, dass Kato etwas verschweigen würde oder lügen, nein, ich dachte: An dieser kleinen unschuldigen Geschichte stimmt etwas nicht, das nicht mal Kato weiß. Ich hatte ihr nichts von meinem

Rauswurf gesagt, ich hatte ihr erzählt, dass das Personal gewechselt habe, nun von einer Leihfirma komme, dass ich keine Lust hatte auf so eine Umstrukturierung, dass es eh Zeit sei, den Schwimmbadjob aufzugeben. Von Babinskis Aktion kein Wort. Ich würde ihn im Auge behalten, würde mir vielleicht etwas ausdenken müssen.

Kato und ich blicken in die Helligkeit der Bude.

Königin

In der zwölften Woche kam ein Regen, es kam eine Kälte. Als wir rausfuhren, um ein paar Nächte im Hang zu verbringen, war unser Auto beladen mit Decken und einem Schaffell, einem kaputten Schlafsack und drei braunen Samtkissen. Wir lagen in dem hergebrachten Haufen und hatten eine gute Wärme in uns und um uns. Draußen die Nässe rund um die Bude. Hier in den Kissen die Nässe zwischen den Beinen.

– Fische haben es gut, bei denen sind Liebe und Sex nicht getrennt. Weißt du, als wir noch Fische waren, da waren das Herz und die Eier der Männer noch direkt nebeneinander, die Kugeln gleich da, wo es am wärmsten ist.

– Und das hatten alle Männer gern, ihre Kugeln gleich neben ihrem Herzen.

– Ist doch eine schöne Vorstellung. Ich mein, als die Männer dann aus dem Wasser gewandert sind, sind die Eier runtergewandert, viel zu weit weg vom Herz.

– Aber sag mal, das betrifft doch jetzt nur die männlichen Fische, was ist denn mit den Weibchen?

– Soweit ich weiß, findet das mit der Befruchtung ohne Kontakt statt, also, das Weibchen legt die Eier und das Männchen schwimmt drüber.

– Aber das ist doch traurig.
– Dafür haben Wale einen riesigen Penis. Mit einem Knochen drin.
– Eier am Herzen, im Penis ein Knochen. Das sind so deine Phantasien.
– Das sind nicht meine Phantasien, das ist so.
– Pass auf, ich erzähl dir, was stimmt.

Und Kato begann mir eines ihrer Märchen zu erzählen, an das sie glaubte. Das ging so.

Es waren einmal die Wale, die nicht mehr im Wasser sein wollten. Als alle anderen Fische anfingen an Land zu kriechen, sich Ärmchen und Beinchen wachsen ließen, machten sie mit. Sie ließen sich Ärmchen und Beinchen wachsen und krochen langsam an Land. Was sie dort sahen, war schön. Es waren Bäume und Büsche, Farnwedel und andere Tiere in hohem Gang. Doch etwas machte sie traurig. Erst wussten sie nicht, was es war, und krochen schwer und mutig durch die Überwasserwelt. Doch irgendwann merkte es ein Wal und flüsterte es einem anderen zu. Alles war zu schnell. Die Bäume und Büsche waren laut von dem durch sie fahrenden Wind. Die anderen Tiere in hohem Gang waren unerträglich flink. Und so machten sich die Wale auf in ihre langsame Welt unter Wasser. Dort schwimmen sie langsam und singen sich manchmal zu, wie schnell alles gewesen war dort oben, als sie Ärmchen und Beinchen hatten, von denen bis heute noch ein ganz klein bisschen zu sehen ist.

Ich nannte Kato eine Kitsche, sie mich auch, und sie bewarf mich, erst mit den Kissen, dann mit sich.

Das letzte Stillleben, das Kato in der Stadt am Fluss anfing, von dem sie währenddessen nicht wusste, dass es das letzte sein würde, begann mit einem fürchterlichen Gestank. Ich kam die Treppe zur Dachbodenküche hinauf und ich dachte schon im zweiten Stock, dass hier irgendetwas Verrottendes im Gange sein musste, und es wurde schlimmer, je höher ich stieg. Als ich die Glastür öffnete, traf mich der Geruch, er kam und zog schier in mich ein. Auf ihrem Küchentisch hatte Kato Laiber gestapelt, angeschnitten in allen Winkeln, sie lagen in Farben von sehr weiß bis braunschwarz übereinander, einige schwitzten glänzend vor sich hin, andere hielten die Zimmertemperatur wohl besser aus.

Etwa fünfundzwanzig Käse lagen vor Kato, die mit einem schmalen Messer an ihnen herumschnitt und bröckelte, sie sezierte.

– Verdammt, hast du die Kaasmadame überfallen?

Der nächstgelegene Käseladen hieß so, und ich musste mir immer wieder einen Ruck geben, dort einzukaufen. Geronnenes, mit Bakterien versetztes Eiweiß gehörte nicht zu meinen Lieblingsgerüchen. Lag aber nun hier in der Luft und Kato sah sinnierend auf den Haufen.

– Schwarzer Käse. Den hab ich nicht gefunden. Woher krieg ich den bloß.

– Ich hab noch nie schwarzen Käse gesehen.
– Ich auch nicht, aber schau mal.

Sie hielt mir ein aufgeschlagenes Buch hin, in dem ein Stillleben mit drei schön übereinander gestapelten und aufgeschnittenen Käselaibern zu sehen war. Auf einem Tisch mit zwei übereinander gelegten Tischdecken, die untere rot, der obere Läufer, eine mittlere Bahn, war weiß, beide ineinander gemustert mit bäuerlichen Motiven, symmetrischen Blumen und Tauben, mir kam das Wort Hochzeit in den Sinn und ich bekam trotz des heftigen Geruches Hunger. Auf die beiden neben den Käse drapierten Weizenbrötchen, die zweifarbigen Trauben, den Haufen Äpfel in der Schale, die Oliven, Nüsse, Birnen, selbst der Käse wurde mir sympathisch. Und ja, der obere der drei, der kleinste, war kohlenschwarz.

– Ich hab diesen norwegischen Braunkäse bestellt, aber er passt einfach nicht, schau mal, das ist kein dunkles Braun, das hat überhaupt nichts Warmes, das ist einfach Schwarz.
– Vielleicht brauchst du Sepia.
– Ach Unsinn, die hatten doch keine Tintenfischtinte im Käse damals. 1620, ich bitte dich, Mirren, und dann hier in den Niederlanden, das waren sicher keine Experimentgourmets. Nein, das muss irgendetwas völlig Praktisches sein, schwarzer Käse, vielleicht Kohle, wie, weißt du, dieser Käse, der eine Ascheschicht in der Mitte hat.
– Morbier.
– Genau. Der entstand doch auch so, dass die Bauern auf jede neue Schicht Käse immer wieder Holzasche gestreut

haben, um sie vor Schimmel zu schützen, und dann wurde am Abend wieder eine neue Käseschicht draufgelegt. Eine Ascheader, wunderschön und eigentlich eine ganz einfache Konservierungsmethode. Ich bin mir sicher: Schwarzer Käse muss auch so einen einfachen Grund haben.

Kato starrte auf den Käse, als ob sie ihn durch ihren Blick schwärzen könnte.

Käse passte zu Kato, aber der hier war zu dunkel. Irgendwann hatte ich bemerkt, dass Kato nur helle Dinge aß, am besten weiß, es waren Milchprodukte, von denen sie sich ernährte, es war Camembert, es waren Joghurts, Kefirs, es war reine Milch, die sie am liebsten trank, und das dunkelste war die Tasse Tee am Morgen, den sie aber nur mit Milch ertrug, sie sagte, er wäre sonst bitter, ich aber wusste, sie wollte ihn weiß machen.

Nun saß sie hier vor ihrem Buffet und der dunkle Käse wurde ihr als Rätsel aufgegeben. Natürlich hatte sie schon eine Liste geschrieben der hellsten und dunkelsten Käse, sie hatte sie über die Spüle gepinnt.

Das Stillleben, das sie sich ausgesucht hatte, war wirklich bemerkenswert schön. Nicht groß, aber auch nicht ganz klein, mit Öl auf Holz gemalt und im Original einen Meter mal einen knappen Meter. Alles schien stofflich nach seiner Fasson – der saftige aufgeschnittene Apfel, der am Schnitt bröckelnde Käse, die zersplitterten Haselnussschalen, die feuchten Oliven und die Gläser, die im Mittelgrund und Hintergrund die Perspektive leicht verzerrten. Die Apfelschale fing bereits an zu bräunen an den Rändern, das bestickte Tischtuch war so filigran lasiert, dass man seine Duftigkeit aus dem Bild herausroch. Am beeindruckendsten aber schien mir das Gebäck, ein krosses Weizenbrötchen tat es mir besonders an. Es sah aus wie gerade gebacken, und zwar nicht im 17. Jahrhundert, sondern heute Vormittag unten beim Bäcker in der Kasteelstraat. Je länger ich auf das Bild blickte, desto erstaunter wurde ich. Auch das mochte ich an Katos Arbeit, dass sie so genau auf Bilder sah und dass sie mich anscheinend gerne mitnahm auf diesen Reisen.

Kato drehte sich vom Käse weg, blickte mir ins Gesicht und erzählte mir, dass diese Bilder mit den feinen Dingen auf feiner Tafel „Banketjes“ genannt wurden. Dass es nun nicht so gewesen sei, dass Käse eine billige Bauernspeise gewesen sei. Sondern dass im 17. Jahrhundert der Käse, je älter er war, umso teurer, dass er sogar eine Wertanlage bedeutete.

– Und schau mal, der Teller, auf dem er liegt. Überhaupt, das ganze Geschirr, bis auf das Alltagsglas hier vorne, alles Hausratsschätze. Diese Banketjes hingen bei den Reichen, bei den Bürgern, die zu was gekommen sind. Und wenn es teurer Käse auf chinesischem Porzellan war.

- Aber schau mal, der Käse liegt auf einem Metallteller, und was ist das, Butterbrotpapier?

Kato machte ihre Denkfalte, zog sich in die Betrachtung des Bildes zurück und ich studierte sie dabei.

Ich sah damals auf den Käse, den aufeinander gestapelten Käse, den kleinsten schwarzen oben auf den helleren Laibern, ich sah auf das Papier unter dem Käse und dachte an Boris, meinen Bruder, und an Nono, meinen Nicht-Neffen, und daran, dass dieser Käse auf den Käsen, dieser dunkle auf dem hellen auf dem noch helleren, dass das die Familie wäre, die sich Boris wünschte.

Ich hatte Kato noch nicht erzählt, dass ich meine letzten Großformate nach Naoussa eingeschifft hatte. Die Bilder waren teils Triptychen, teils einzeln, waren im Wesentlichen eine Reihe Flussstücke, mit denen ich die letzten Monate verbracht hatte, vor allem die letzten Wochen, in denen ich nicht mehr im Hallenbad arbeitete. Dazu kamen noch die kleinen Detailbilder, die zusammen mein großes Stillleben bildeten. Sie waren mir wichtig, ich wollte sie nicht verkaufen, ich wollte sie in Sicherheit bringen vor, ja, wovor eigentlich. Es war nach der Episode mit Babinski, als ich begann, sie eines nach dem anderen einzupacken, in Holzkisten zu verstauen und sie dann einem Freund mitzugeben, der mit einem Transporter zu Boris fuhr, der für die Überführung meiner Bilder zwei Wochen im Nebenhaus von Boris riesigen Anwesen verbrachte, mit ihm kiffte und Metaxa trank, vermutlich genau diese zwei Wochen lang, und dann wiederum ominöse Dinge rücktransportierte nach Paris. Babinski, das wurde mir immer klarer, kam mir zu nahe. Wenn er mich ansah, hatte ich das Gefühl, dass er mehr wusste über mich als ich selbst. Und nach der Schwimmbadaktion wollte ich das, was mir am wichtigsten war, aus seinem Einflussbereich schaffen. Meine Bilder und Kato.

– Die Walnuss ist zu frisch. Schau, die ist doch noch ganz weiß.

Kato blickte immer noch auf das Bild und ich schaute jetzt auch nochmal hin, und in dem Maße, wie sich mein Blick langsam im Unfixierten verlor, kam mir das Geräusch in den Sinn. Vor ein paar Wochen waren Kato und ich durch die Landschaft gegangen, und als wir aus einem kleinen Wäldchen traten, stieg uns schon der Geruch einer Schafherde in die Nase, die ein paar Schritte weiter graste, etwa hundert gesenkte Mäuler, weiße Knäuel, dazwischen ein paar hagere braune Ziegen, die nicht auf das Gras aus waren, sondern auf die paar Blättchen an den spirreligen Bäumen, die noch nicht ganz abgefressen waren. Der Geruch war das eine, der Anblick das andere, sehr friedlich, dachte ich, aber das Besondere war das Geräusch. Ein Zupfchor von hundert Schafköpfen, die Grashalme zwischen die Zähne genommen, ein nickender Ruck mit dem Kopf, und rupp-rupp-rupp, ein Geräusch, das die Erde, die Grasbüschel, die Schafsköpfe zum Klingen brachte. Rupp-rupp-rupp. Wieso dachte ich jetzt daran?

– Kato, vielleicht ist das gar kein Käse, also kein Kuhkäse, vielleicht ist es ein Schafskäse?

Sie stand damals unbeweglich vor dem Weidezaun,

hatte eine gelassene Stirn und fing an zu erzählen. Ihre Familie hatte immer Schafe gehabt, ein paar standen auf einer großen Weide in einem kleinen verlassenen Nachbardorf, ein paar standen in einem Schuppen gleich hinter dem Haus. Wenn die Lämmchen kamen im März, meist kurz vor Katos Geburtstag, konnte es sein, dass das ein oder andere Kleine nicht angenommen wurde durch das Muttertier. Vielleicht, weil es zu schwach war, zu kränklich, zu klein, Gründe dafür wurden nicht besprochen. Es war aber so, dass Kato viele Frühlinge damit verbrachte, den winzigen ausgestoßenen Lämmchen die Flasche zu geben, früh morgens um halb sieben, bevor der Schulbus fuhr, oder abends im dampfigen Stall, wenn der Frühling die Temperatur doch noch empfindlich zurückdrehte. Die kleinen runden Knochen unter den Fellknötchen, die winzige Schnauze, die Nasenlöcher darin wie Kommata gezeichnet, der wackelige Gang auf dem heruntergetretenen Stroh. Manchmal streckte Kato einen Finger statt des Saugers hin und ließ sich immer wieder überraschen durch den hungrigen Unterdruck. Die hellgelben Augen der Lämmchen hatten nur einen Ausdruck: den des Wollens. Wenn das Mädchen Kato von den großen bewollten Schafen geschubst wurde, wenn sie mit einem Eimer Kartoffelschalen kam, war das ähnlich, nur massiver ausgedrückt. Sie mochte und scheute dieses Wollen zugleich. Genoss die Weichheit der Schafe, ihren Geruch, die leichte Fettigkeit, die auf den Händen nach dem Streicheln zurückblieb, aber auch die raue Oberfläche der Lämmchenhaut, an der sich die winzigen Wollknoten wie Knospen reihten. Wenn ich zurückdenke, sagte Kato, kann ich mich nicht erinnern, was zwischen Lämmchen und Schaf passiert ist. Es gibt nur das eine oder das andere.

Als Kato von zuhause, aus ihrem Elternhaus auszog, um in die Stadt am Fluss zu gehen, bekam sie Allergien. Sie erzählte mir, wie sie an einem Herbstabend in der sich füllenden Wohnung saß, sich eine Nougatschokolade gekauft hatte, tröstliches braunes Brettchen, und wie sie nach ein paar Stücken, die sie mit Druck gegen den Gaumen schmelzen ließ, merkte, wie es anfing zu jucken. Erst im Rachen, dann im ganzen Mund. Später hatte sie verstanden, dass es Nüsse waren, dass es Äpfel, Birken und Katzen waren, gegen die sich ihr Körper sträubte. Als sie zu einem Essen eingeladen war, bei dem es Lammkoteletts gab, musste sie vom Tisch rennen, sich übergeben. Was sie erst viel später verstand, war, dass genau dies die Dinge waren, die sie von ihrer Heimat vermissen würde. Die ewig zu viel tragenden Apfelbäume, die über das ganze Jahr verfügbaren Früchte, die Haselnüsse, Birken, die das ganze Haus umstanden, die Katzen, die ihr Wärme gaben. Die Lämmchen, die waren wie sie, ein Haufen mutterloser Knospen. Sie wurde allergisch gegen das Gute und gegen das Weiche.

Das letzte Stillleben, das Kato in der Stadt am Fluss bereitete, fing also mit einem Rätsel an. Ich hatte schließlich die Idee, alte Freunde anzurufen, ihnen den Käse zu beschreiben und unser Dilemma damit. Die beiden, die ich anrief, ein Paar, waren nach Kato die besten Köche, die ich kannte. Und dazu die besten Esser. Niemand kannte sich so gut mit Lebensmitteln, vor allem Wein aus wie Claude und Catherine, und sie wussten sofort Rat: Die Oberfläche des Käses war sicherlich mit schwarzem Wachs, Bienenwachs und Asche behandelt, wenn Kato das Bankett nachstellen würde, dann müsste sie einfach einen dunklen Käse mit ein wenig Asche behandeln, der Effekt wäre da.

Während Kato Högni und Dirk losschickte, um die Utensilien zu besorgen, wo auch immer sie das schwarze Wachs herbekommen sollten, ging ich, um in meinem Atelier die letzten der kleineren Bilder zur Überfahrt vorzubereiten. Während ich aus dem Haus auf die Kasteelstraat trat, war ich in Gedanken bereits beim Transport, diese Bilder konnten per Post nach Paros schippern. Die Kleinformate waren durchgetrocknet, standen schon mindestens zwei Monate herum, ich würde sie in Blasenfolie, Karton und Klebeband wickeln.

Schon wieder schoss mir Babinski durch den Kopf. Er war vermutlich der einzige Mensch auf dieser Erde, der in seinem Pass kein Foto seines Gesichts, sondern das Foto einer Plastik hatte. Kato hatte es erzählt. Es soll noch einen Schweden gegeben haben, einen Maler, der wegen Passbetrugs angezeigt wurde, der sogar vor Gericht kam, aber seine Malerei wurde ihm schlussendlich gestattet. Babinski hatte Angst vor dem Rechtsstreit, deshalb sprach er nur zu wenigen Menschen davon. Der Schwede hat es hingekriegt, erzählte er Kato. Sobald sein Pass abgelaufen war, würde Babinski die Kunstaktion öffentlich machen.

– Ist es schwierig, so eine Selbstplastik zu schaffen?

– Man guckt sich viel an. Das Spiegelverkehrte daran ist die Schwierigkeit. Babinski hatte sich aus Gips auf ein Drahtgestell modelliert. Lange hatte es gedauert, die Haut zu simulieren, Pigmente und Zahnbürste, ein georgischer Freund hatte die Haare gestaltet, das hatte er selbst nicht geschafft. Es sei eines seiner schlechtesten Portraits, hatte Babinski zu Kato gesagt. Aber er zeige es seit vielen Jahren vor. Er bekam keine Gänsehaut mehr, aber ein Thrill war immer noch dabei. Hatte er eigentlich Angst, dass Kato sein kleines Passgeheimnis verraten würde?

Mit diesen hierhin und dorthin fließenden Gedanken lief ich durch die Leopold de Waelstraat und schaute in die Parterrewohnungen. Manche waren so dankbar beleuchtet, dass ich durch die Zimmerfluchten bis in den Garten schauen konnte. Ich kam am Hopper vorbei und hatte plötzlich Lust, noch eine Kneipe weiter ins Stapelhuis zu laufen, um ein Kirschbier zu trinken.

Mittlerweile war es so kalt, dass die Scheiben des ehemaligen Kontorhauses beschlagen waren, das milchig gewordene Glas klemmte zwischen den roten Backsteinen, dahinter bunte Schemen, Köpfe, Arme mit Biergläsern, draußen zu stehen hatte etwas Weihnachtliches. Wie es schwangere Frauen haben, dachte ich, wie es Fichtenwälder haben, die sich gerade vom Herbst her kommend für den Winter entscheiden, wie es erleuchtete Fenster in der Dämmerung eben haben. Die Außenterrasse war leer, ich trat durch die alte Glastür in den Kneipenraum und es wurde in diesem Moment warm und laut. Alle Tische waren belegt, an der Bar war ganz rechts noch ein Platz frei, dort, wo die Zeitungen hingen, und ich ging über den steinernen Schachbrettboden dorthin, an die Theke. Ein Bier. Ich zog meine Jacke aus und hängte sie an den Haken unter den Tresen, ich schaute in den Raum mit den besetzten Tischen, bemerkte zum ersten Mal kleine Pflanzen, die in grünen Töpfchen auf den Tischen standen, sie hatten zarte Blätter und winzige gelbweiße Köpfchen, Pflanzen, die ich nicht kannte, ich sah, dass auch am Rand der Bar ein solches Töpfchen stand und konnte es nicht lassen, daran zu zupfen. Nein, kein Plastik, ich hatte ein halbes Blättchen in der Hand. Plötzlich fuhr mir ein Finger die Wirbelsäule entlang.

Ihr Gesicht war wie immer königlich und ihre Augen waren nicht imstande, das Lächeln ihres Mundes aufzunehmen. Laurence stellte sich neben mich und nahm sich mein Bier, setzte an, ohne den Blick auf das Glas zu wenden, blickte mir schnurgerade in die Augen und trank es aus. So hatte sie das schon immer gemacht, in den Monaten, in denen wir zusammen waren, sie schaute in mein Gesicht, und wenn sie meinen Blick für sich hatte, tat sie hinterrücks etwas Unverschämtes. Monate, ich weiß gar nicht, ob das so stimmt, immer wieder für Wochen oder nur Nächte, dann wieder reichte mir ihre Königinnennummer, und ihr wurde vermutlich auch langweilig, bis sie wieder hinter mir stand, mir einen warmen Kanal in die Wirbelsäule strich und ich, ohne es zu wollen, reagierte. Heute schien sie wieder einmal zu wollen.

– Und? Immer noch im Schwimmrettungsdienst?

– Laurence, wie nett. Was willst du?

– Och. Nur mal hören. Klein bisschen Konversation könntest du uns schon gönnen.

Ich legte kurz den Kopf schief und zog die Augenbrauen zusammen, drehte mich zu Manu hinter dem Tresen um und bestellte ein weiteres Bier. Sie fing meinen Blick sofort wieder ein.

– Sag mal, weißt du, was ein Dockschiff ist? Das ist ein Schiff, das ein anderes im Bauch hat, das ein altes Schiff zum Beispiel an einen anderen Platz bringt. Die Mutter, die einen Greis in sich trägt. Der Bauch, der das Alte sicher trägt und an einen anderen Platz bringt.

– Was willst du?

Ich musste sie schnellstens langweilen. Meine Gedanken fingen an, ihren zu folgen, und ich wusste aus Erfahrung, dass sie mich verwickeln konnte.

Laurence’ winziger Hund rieb sich jetzt an meiner Cordhose, und ich erinnerte mich daran, wie dieses kleine Tier stank, wenn es auf meinen Schoß sprang. Ich zog das Bein hoch, versuchte dabei dem Hund unauffällig einen Schubs zu geben.

– Wie geht’s Kato?

– Im Schiffsbauch ist sie nicht.

– Immer noch an Deck bei dir?

Laurence konnte Kato nicht ausstehen, die beiden kannten sich schon lang, sie hatten zusammen studiert und sich ein paar Jahre eine Wohnung, die Zahnbürsten, Liebhaber und Liebhaberinnen geteilt. Von Laurence wusste ich, dass auch Kato und sie eine Zeit lang ein Paar waren, Kato selbst mochte nicht darüber sprechen, ich hatte sie aber auch nie gefragt. Ich wollte Laurence weder begegnen noch an sie denken, wenn es zu solchen hinterrücks passierenden Überraschungen kam wie in diesem Moment, war ich alarmiert. Sie musste einen Grund haben, mich anzusprechen, da wir beim letzten Mal nicht wirklich gut auseinandergegangen waren, um ehrlich zu sein sogar mit lauten Worten und einer Ohrfeige für mich, hätte sie mich ohne Grund nicht angesprochen. Sie wollte etwas.

Das abgezupfte halbe Topfpflanzenblatt lag auf dem steinbelegten Tresen und ich spielte damit, rollte es zu einem feuchten Klümpchen und legte es auf einen Bierdeckel. Manu stellte mir und leider auch Laurence ein sehr helles Bier hin und Laurence fing wieder an.

– Kato? Noch in Antwerpen? Ich habe gehört, sie will wegziehen? Karol meinte das.

Mit Babinski auf Du und Du also.

– Ich finde das gewagt, nach Polen zu ziehen. Wie will sie da für ihre Gemüsebilder Kundschaft finden?

– Kato geht nicht nach Polen, was für einen Unsinn erzählt Babinski.

Laurence ging mir auf die Nerven, sie lächelte mir ein bisschen zu sehr und ihr Hund rieb sich schon wieder an meinem Hosenbein. Ich wusste, wenn ich mich jetzt auf ein Gespräch mit ihr einlassen würde, würde ich sie nicht nur für ein Bier an mir hängen haben. Andererseits musste ich wissen, was Babinski über Kato zu wissen vermeinte oder zumindest hier in der Stadt verbreitete. Wenn er schon mit Laurence über sie sprach, dann sicher auch mit anderen.

Wir griffen gleichzeitig zum Bier, das Manu uns hingestellt hatte und tranken, Laurence schaute sich mit einer kurzen Drehung im Kneipenraum um und zeigte auf einen Tisch ganz hinten neben dem Toilettengang.

- Also Karol sitzt da. Kannst ihn selbst fragen, was er weiß. Mir hat er erzählt, er und Kato würden nach Danzig gehen, er hat dort noch eine Werkstatt, soweit ich das verstanden hab.

Mir wurde schwindlig. Laurence lächelte. Der Hund rieb. Ich legte meine Hand von der angewärmten Stelle auf der Theke auf eine frische, kalte. Der Abend hatte leider erst angefangen.

Ich nehme Katos Hand.

– Erzähl mir vom Licht.

Und weil das Licht so hell ist und ich Kato nur noch als leuchtende Figur neben mir sehe und das Licht so dicht ist wie Schaumstoff und ihre Stimme nur ganz leise durchdringt, glaube ich, sie erzählt mir.

Zöpfe

In der dreizehnten Woche der Bude hob die Opernsängerin an. Pünktlich zum Sonntagmorgen Kirchenglocken und Koloraturen. Kato und ich hatten die Nacht auf der Terrasse verbracht, die Luft war wieder warm geworden und die Holzplanken waren weich und trocken. Die Sonne stand schon hell und hoch am Himmel, die Frauenstimme war nicht zu orten, sie lag einfach in der Luft, lange, lange, die Tonleitern stiegen unermüdlich den Hang hinauf. Ich wollte, dass Kato mir das Buch vom Waldmann weiter vorlas, und die Opernsängerin störte.

– Ich such die jetzt.
– Ach komm, lass doch. Sie wird schon aufhören. Eigentlich passt's ganz gut.

Kato stand nach ein paar ziellosen Gängen in ihrem Hängerchen an der Brüstung und der Stoff war durchsichtig. Wenn ich mich hinter sie stellte, musste ich mit den Beinen auseinandergehen, damit wir auf einer Höhe waren. Ich legte meine Hände in die Kurve ihrer Taille, legte die Handkanten auf ihrer Hüfte auf und drückte kurz die Enden ihrer Lungenflügel sacht zusammen. Ich hob sie ein bisschen hoch und merkte, wie ich hinter sie passte. Ein so freundlicher Hintern, zwei Hälften und doch eins, Katos Hintern, ein Kunstwerk, hinter dem ich mich aufstellte. Empfindlich, warm, ich wollte sie mit aller aufsteigenden Vormittagslust. Meine Finger nun abwärts an ihren Flanken, Lenden, Suche nach dem Dreieck.

– Ich hör zu. Lass.

Ich ließ sie nicht, blies ihr in den Nacken, biss in den Hals, wir kämpften, bis es weh tat. Erst mir, dann ihr, dann wieder mir. Sie stieß mich mit ihrem Po, ich nahm die Bewegung auf, stieß zurück, ein Tanz in Sonntagsgrün. Meine Hände höher an ihren empfindlichsten Ausläufern, den kleinen Himbeeren, an Milch und Früchte dachte ich, zupfte, schob meine Finger in ihre Morgenfeuchte. Sie biss in meine Brustwarzen, wir gingen die Tonleitern hinauf, immer weiter, schließlich wurden wir zu zweit zur zweiten Stimme. In dem Moment hörte die Sängerin endlich, endlich auf und wir waren wieder mutterseelenallein.

Es kam so wunderbar zu allem, dass ich beschloss, meine Laune für den Eiskeller zu nutzen und ich nahm die Spitzhacke mit in die Wildnis bergab. Der Aushubhaufen wurde immer höher und die Asbestplatten waren endlich nicht mehr zu sehen. Ich stolperte den Hang runter und verhakte mich an den Brombeerzweigen. Kato hatte ihr Beetlein mit Schneckenhäusern begrenzt, eine Perlenschnur um die Kräuter, die eh nichts wurden. Nur ein pelziges weißes Blattwerk wucherte vom äußeren Rand über mehr und mehr Beetfläche, die Pflanze hatte was von Salbei, aber Kato meinte, Wollziest heißt die, mach dir keinen Tee daraus.

Die Höhle im Hang hatte schon eine Tiefe von gut zwei Metern. Man könnte, dachte ich, schon darin liegen. Liebe, Tod, irgendwie war es ein Tag für diese Dinge. Ich pfiff Kato den Hang runter und wir setzten uns auf den krautigen Boden.

– Wo willst du mal begraben sein?

Kato, die den Hang schon ein bisschen unwillig runtergekommen war, schaute erst schnell in meine Augen, schwieg dann auf diese Frage. Drehte ihr Gesicht weg. Ganz langsam, das sah ich, wurde sie düster. Ich probierte es mit Energie.

– So ein Mausoleum? Also ich fände ja so ein Mausoleum super, am besten mit einem Automaten, da könnte immer am Todestag Kuchen drinstehen. Und dann kommen alle, ziehen sich einen Kuchen und trinken Wein, weißt du, die kommen so wie Rotkäppchen mit einem Korb, aber da ist nur Wein drin und vielleicht so eine kleine Sportzigarette, und dann ziehen die sich den Kuchen und feiern und nebendran liegen wir und werden so langsam zu Humus.

Kato schwieg, Kato fing an, mit ihrem Zeigefinger den Staub von ihren blauen Sandalen zu streichen. Sie zog das Flechtmuster nach, erst mit der Fingerspitze, dann wischte sie mit der ganzen Hand über die Schuhe, als die Riemen glänzten, sprach sie wieder.

– Wer soll denn den Kuchen backen.
– Muss man arrangieren, komm, jetzt denk mal drauf rum, das ist doch eine total schöne Idee.

Kato schwieg. Ich, in aller Euphorie, hatte es probiert, aber anscheinend war da ein Fettnapf gewesen. Still wurde es, ich nahm sie fest um die Schultern und sah in ihre Traurigkeit.

– Ich weiß nicht, wohin ich gehöre.

Ich hatte damals drei Möglichkeiten. Entweder zu Kato zurückgehen, sie in ihrer Banketje-Vorbereitung zur Rede stellen, mir Babinski zu greifen oder weiter in Laurences eventuelles Wissen zu fragen. Alles nacheinander, dachte ich, ich frage Laurence aus, ich setze mich zu Babinski und später frage ich Kato, was sie wollte und was sie will.

Laurence lachte nicht mehr, als sie nach ihren Bemerkungen über Kato in mein wohl nicht besonders freundliches Gesicht sah, ihr Mund schloss sich über ihren Zähnen.

Ich schaute über ihren Kopf hinweg und zupfte an einer Wunde an meinem Daumen, presste den Zeigefingernagel in den klaffenden Spalt und probierte den Schmerz abzuleiten, der gerade ganz woanders saß, probierte ihn in etwas Wütendes zu verwandeln, aber ich konnte nur langsam und erschöpft fragen, was denn Laurence bitte mit Babinski zu schaffen habe und was diese Scheiße mit Polen solle.

– Ach komm, Mirren, jetzt bleib mal locker. Ich kenn Karol, seit er hier in der Stadt ist. Und ehrlich gesagt dachte ich, dass ihr befreundet seid?

– Wieso?

Und Laurence fing an zu erzählen: dass sie damals, als wir unseren bescheuerten großen Streit hatten, aus dem Haus gelaufen sei und dabei Babinski im Eingang direkt in die Arme, der meinte, er wolle zu mir. Dass er sie mitgenommen habe ins Café nebenan, dass sie dort erst ein, dann zwei Tee getrunken hatten, dann Wein, und dass er so viel über mich wusste, dass sie dachte, er sei seit Kindertagen mit mir befreundet.

– Mirren, ich dachte wirklich, ihr seid aus derselben Kleinstadt. Er hat mir von den Feuerwerksexperimenten erzählt, bei denen er seine Augen verletzt hat, und dass ihr diesen Freund, wie hieß der noch, Sascha, dass ihr also immer zu dritt wart bis zu diesem Unfall. Und dass Boris nie dabei sein durfte, bei den Spielen, dass du nachher so froh warst, dass ihr ihn nie habt mitspielen lassen, weil es hätte ja so schlimm ausgehen können wie für Sascha. Und von den Küssen, Mirren, hat er mir auch erzählt, also, dass jeder dich immer am Ende des Tages mal küssen durfte.

Die Geräusche im Stapelhuis waren mittlerweile wie gedämpft, ich schaute hin und wieder in Babinskis Richtung, er saß wie eine Statue an dem kleinen Tisch, wie dieses Passfoto, dachte ich, und ich hatte das irritierende Gefühl der Doppelbelichtung. Dort das Bild, hier Laurences Erzählungen, die wie unter einer Glocke in der Luft hingen. Ich hörte auf jede Nuance in ihrer Erzählung, und je mehr sie mir über Babinski berichtete, desto unheimlicher und, ja, spannender wurde es. Sie schwor, dass bei ihm im Atelier Bilder von uns hingen, als Kinder, als Jugendliche, als Erwachsene, dass auch Boris auf den Bildern sei, dass Babinski die Kochnische schier tapeziert habe mit den Fotos, sie schaute während ihres Berichts immer wieder in seine Richtung, zu seinem Tisch, ich mied es und schaute auf Laurences Scheitel und in mein Bierglas. Spielte an dem Feuerzeug, das Manu nach dem Anzünden einer Teelicht-

kerze auf dem Tresen gelassen hatte und steckte es ein, ratschte an dem Rädchen, so dass es immer mal heiß wurde in meiner Hosentasche. Nachfragen musste ich nicht oft, sie erzählte, trank, bis sie plötzlich anhielt und auf ihren Hund blickte. Der hatte längst von meiner Hose abgelassen und zog jetzt die Leine gen Kneipentür stramm. Ich sah noch Babinskis hellen Trench, dann war er draußen und der Hund wollte ihm offensichtlich nach. Hatte er denn alle verhext? Vielleicht musste ich dem Hund hinterher, der sich von Laurence losgerissen hatte und ebenfalls durch die Tür verschwand.

– Ich hol ihn zurück.

Laurence, jäh aus ihrem Redefluss aufgewacht und aufgelöst, aber nicht fähig zu laufen, hatte einen sanft ausladenden Bauch, hatte ich das erwähnt, sie konnte nicht schnell hinterher, wieso trinkt sie Bier, dachte ich noch, die Belgier. Laurences Bauch, der mir jetzt erst wirklich auffiel, weil ich die ganze Zeit an Babinski und Kato dachte, er war dem Umfang nach noch nicht schwer, aber seltsam, wieso war mir bis jetzt nicht aufgefallen, dass sie schwanger war.

Ein Blick auf ihre Mitte und ich musste dem Hund hinterher, lief aus der Tür des Stapelhuis und suchte, rechts lief der Hund, die rote schmale Leine hinter sich herziehend, und da war auch Babinski, er eilte das Trottoir entlang, gen Stadt. Wieso lief er? Wieso diese Hetze, wieso lief der Hund ihm überhaupt hinterher?

Die Straße war glänzend und dunkel, Auren nur im Orange der Laternen, Niesel und ein bisschen Rauch hingen in der Luft, Babinski bog links Richtung Fluss, der Hund hinterher, mit seinen kurzen Beinen hatte er ihn noch nicht eingeholt, und ich dachte: Was wird denn Babinski tun, ihn auf den Arm nehmen? Ich ging schnellen Schritts und war kurz abgelenkt, eine Haustür öffnete sich und zwei lachende Frauen wirbelten heraus, wirbelten mir vor die Füße, Babinski war verschwunden. Der Hund stand vor einer Mauer. Bellte ein kleines Tor an, das in den Backstein gepasst war. Kein Schild, nicht mal eine Klinke. Na gut, ich nahm die Leine, nahm das zitternde Ding auf den Arm und untersuchte den erratischen Backstein. Die Tür war klein, oben abgerundet und hatte nicht mal Scharniere. Sie schien lang nicht geöffnet worden zu sein, aber es gab weder Müll noch Moos davor, ging sie nach innen auf? Und war Babinski hinter ihr, was zum Teufel war dahinter? Nun, ich hatte den Hund, würde ihn Laurence zurückbringen und sie fragen, was das sollte, ein Kind, sie, die freie Königin der Antwerpener Nacht, und mit wem dieses schmale Brett gebohrt war.

Plötzlich und mit einem Knirschen sprang die Tür auf. Der Hund zuckte zusammen, ich auch, ich machte einen halben Satz rückwärts und einer meiner Turnschuhe landete in einer Regenlache.

– Nächste Woche mache ich dir ein Kind, ja?

– Ach Kato.

Wir lagen auf dem Boden vorm Eiskeller, lagen im Halbschatten des Gestrüpps und die Ameisen und Käfer fingen an, auf uns zu krabbeln. Kato roch noch ein wenig nach dem Orangenkuchen, den sie mitgebracht hatte und den wir zum Mittagessen mit kaltem Joghurt gegessen hatten. Ein süßer und feuchter, ein ätherischer Kuchen, den sie oft buk.

Als ich zum ersten Mal sah, wie sie ihn zubereitete, war ich fasziniert. Es war Winter, ich war die Treppe heraufgestapft und öffnete etwas außer Atem die Tür zu ihrem Atelier, nahm einen tiefen Zug – und es roch herrlich nach Orangen. Ich warf die Schuhe in die Ecke und trat hinter Kato. In einem Topf kochten sechs dicke Apfelsinen, die im sprudelnden Wasser wippten, das sich langsam gelblich färbte. Ich hatte noch nie gesehen, dass jemand Orangen komplett kochte.

– Oh. Riecht das gut. Was wird das?

– Ja, oder? Orangenkuchen.

Kato meinte, dass sie drei flache Kuchen backen müsse, sie goss das Wasser ab und nahm den Pürierstab aus einer Schublade. Die drei dampfenden Bälle lagen vor ihr im Topf, sie setzte den Stab auf einen von ihnen und fing mit dem Getöse an. Während des Pürierens summte sie. Nothing can come close. To this familiar feeling. Ball eins wurde zu Mus, fünfmal wiederholte sie das und wechselte dann den Pürierstab gegen einen Schneebesen. Sie hatte drei Schüsseln mit jeweils sechs Eiern vorbereitet, die sie nacheinander zu Schaum schlug, in den sie Staubzucker, Backpulver und schließlich eine Menge gemahlene Mandeln rieseln ließ.

– Nächste Woche mache ich dir ein Kind, ja?

Sie hob das Orangenmus unter und sagte diesen Satz so nebenbei, dass ich ihn fast verpasst hätte. Aber ich hatte ihn gehört. Ich griff an ihrer Hüfte vorbei in einen der Töpfe mit dem Kuchenteig, steckte meinen Finger in die sämige Masse und probierte. Süß, bitter, körnig, duftend, ja, Kato, ich sag ja. Aber bevor ich den Mund zum Sprechen leer hatte, fing sie an.

– Mirren, ich muss dir was sagen.

Und dann flocht Kato, während der Backofen vorheizte,

der Teig in drei Formen floss, die flachen Kuchen minimal aufgingen und karamellisierten an der Oberfläche, die frischen Aromen im Raum sich gegen die der Zubereitung tauschten, diese Geschichte in die Luft, die ich noch nicht kannte. Und dieses kleine Märchen ging so.

Es war einmal ein Mädchen, das hatte drei Wünsche. Es wollte ein Junge sein, es wollte keinen Hunger mehr haben und es wollte auf einer warmen asphaltierten Straße liegen an einem Sommerabend. Als der Zauberer vorbeikam, der ihm die letzten beiden Wünsche erfüllte, fragte er es, ob es denn nicht vielleicht doch gerne ein Mädchen sei. Das Mädchen sagte nein, sie wolle lieber ein Junge sein. Der Zauberer sagte: Leider zu spät, mein Mädchen, du bekommst ein Kind. Das Mädchen bekam kein Kind und der Zauberer legte das Mädchen, das nun Frau war, auf eine warme asphaltierte Straße, rief die Soldaten und sorgte dafür, dass die Frau in eine Unterkunft kam, in der sie lange keinen eigenen Hunger hatte.

Kato weinte damals auf ihre Kuchen. Sie weinte auf ihre Hände, die sich an den Backformen verbrannten. Sie schmierte sich den Teig und die flüssige Butter ins Gesicht, die Wimperntusche ab.

Ich dachte an meinen Bruder, an die Insel, an meinen Neffen. Wir lagen noch im Weinberggestrüpp vor dem Eiskeller, der ganz leichte Orangenduft, die krümelige Erde, die genauso graubraun roch, wie sie aussah, die Ameisen, die nichts wussten vom zu zweit sein. Seit dem traurigen Abend in Katos Bäckerei wurde es für sie und mich zum Spaß, immer wieder zu sagen, dass man einander ein Kind machen würde. Dabei war uns klar, dass Kato niemals eines haben würde. Wenn sie es nicht wegwitzeln konnte, wenn sie traurig wurde deshalb, war es an mir, sie zu trösten. Kato, wir sind unser Kind.

Ich schaute in die Sonne, blinzelte, schloss die Augen, rückte ein bisschen näher an Kato und lag still in ihrem Schatten. Heute schien ein schwerer Tag. Kein Begräbnisplatz, kein Kind, welches Thema, dachte ich, fehlt noch.

– Hab ich dir von den Haaren erzählt?

Ich sah, wie Kato einen Grashalm rupfte, ihn zwischen die Daumenaußenseiten ihrer Hände klemmte und Luft holte. Ein schriller Ton, der kurz in der Luft stand. Ich sah sie kurz an und schüttelte den Kopf.

– Ich hab, als meine Mutter schon so krank war, in ihrem Nachttisch nach irgendwas gesucht, Medikamente oder sowas, ich weiß es nicht mehr, auf jeden Fall hab ich da eine Tüte gefunden, so eine alte, dünne, raschelnde Tüte, weißt du, diese alten Tüten, die noch nicht so weich waren, die immer so geknistert haben, ich konnte nur verschwommen sehen, was drin war. Und ich hab so einen Schreck gekriegt: Da waren Zöpfe drin, zwei Paar, also vier Zöpfe, zwei helle und zwei dunkle, und Mirren, ich hab gedacht, die dunklen, das sind doch meine Haare, die haben meine Farbe, die waren so lebendig, so unfassbar lebendig, Mirren, ich war so erschrocken. Ich bin zu meiner Mutter und hab gesagt: Mama, was ist das? Sind das meine Haare? Und sie meinte dann: Nein, das sind meine.

Kato riss einen zweiten Grashalm aus und probierte zweimal tonlos, bis ihr drittes Atemholen ein weiteres hässliches Pfeifen zwischen die Sonntagsgrillen schickte.

– Sie hat mir dann erzählt, sie hat sie sich abschneiden dürfen nach der Konfirmation, ihre Schwester auch. Diese dicken schweren Zöpfe loswerden. Und weißt du, was verrückt ist, sie sind jetzt noch schwer, und sie glänzen so sehr. Und ich nehm sie in die Hand und denke: so viele Jahre Leben. Ich war nicht dabei, aber ich stell mir vor, wie die Jungs an ihnen rissen in der Schule, wie sie da reingeschwitzt hat, wenn sie erkältet war.

Katos eigene Haare, bemerkte ich, lagen mittlerweile wie eine Aureole auf meiner Brust, in meiner Armbeuge, im Gras. Ein bisschen sommerfeucht, seit Wochen nur regenwassergewaschen und in feinen Wellen. Haare sind ein sonderbares Material, enorm lebendig und dabei tot, ich wusste sofort, was Kato umtrieb. Wenn sie mir meine Haare schnitt und ich die braunen Kringel im Waschbecken sah, war ich immer ein bisschen verwirrt.

– Meine Mutter meinte damals, ach, nimm mit. Schenk

ich dir. Was hat sie damit eigentlich angerichtet. Und Mirren, Mirren, sag mal, jetzt kommt die Frage: Wieso hatte sie sie noch? Wieso hatte sie die Zöpfe ihrer Schwester und ihre eigenen Zöpfe über sechzig Jahre in dieser Plastiktüte und in ihrem Nachttischchen?

Sie schaute in die Luft, während sie mir diese Geschichte erzählte, jetzt drehte sie mir ihr Gesicht zu.

- Ich halte die mir manchmal an, diese Zöpfe, und sie sind sofort ein Teil von mir, die Farbe, der Glanz, Mirren, das bin ich, ich bin in dieser Plastiktüte seit Jahrzehnten im Nachttisch meiner Mutter.

Ich blinzelte Kato an, die Sonne über ihrem Kopf, ihre Haare glänzten wirklich wunderschön, sie hatte sich so in Rage geredet, dass ich meine Schläfrigkeit wegdrücken musste. Die Haare ihrer Mutter. Ich hatte sie nie gesehen, aber der geisterhafte Effekt war mir sofort klar. Kato hatte mir einmal eine Locke geschenkt, in einem Briefumschlag, abgeschnitten ganz am Haaransatz, so dass da plötzlich, als die Partie nachwuchs, ein kleiner Stert hochstand. Ich mochte es, die Locke anzusehen, ein bisschen zu zwirbeln, aber nach dem ersten Gefühl von Verbundenheit, tatsächlicher physischer Verbundenheit, wurde es immer leer, und noch leerer als davor. Es war mir wohler, wenn ich nachwachsende Haare auf ihrem Kopf anschaute. Ich hatte diesen Effekt besser verstanden, als ich in einem Kloster in Italien eine Ausstellung sah, in der es um die Haarreliquien und Andenken ging. Diese Blumen, die nicht mit Garn, sondern mit Haaren gestickt wurden. Die geflochtenen Uhrketten. Die Spiralen aus Haar, die zu Broschen gelegt wurden.

– Weißt du, dass geflochtene Haare so stark sind wie Drahtseile?

Was Besseres fiel mir gerade nicht ein. Kato guckte unwirsch.

– Nein, im Ernst, bitte, ich nehm dich ernst, Kato, bitte, Süße, wenn du Haar flichst, wird es drahtseilstark. Deine Mutter wusste ganz genau, weshalb sie dir die Haare mitgegeben hat.

Ihre Hand ist fest und weich zugleich. Ich spüre ihre Knochen und wie ich sie zusammendrücken kann. Ich höre nichts mehr, keine Erzählung, kein Märchen, ich spüre das Licht. Es dringt durch mich. Ich bin Licht.

Grund

In der vierzehnten Woche lief ein Fasanhahn um die Bude und gab alle zwei Minuten Laut. Ein Gockeln oder Gacksen und dann ein Geräusch, als ob kurz eine kleine Motorsäge angelassen würde.

– Sind die nicht längst durch mit der Brunft?

– Boah, Kato, ich weiß nicht mal, ob das bei Fasanen Brunft heißt.

– Heißt das Balz? Aber durch müsste das doch schon sein jetzt. Was macht der?

– Auf jeden Fall hat er keine Motorsäge, der flattert, der purrt, Fasane sind Senkrechtstarter.

– So wie du.

– Du Nuss.

Ich lag auf dem alten Teppich auf der Veranda, den Kopf auf einem Stapel Zeitungen, Kato schmiss sich daneben, wir lagen im Duft der warm gewordenen Druckerschwärze und schauten durch das Wellblechdach in den Milchhimmel.

– Weißt du, das ist bei Fasanen ganz lustig. Ich hab mal gelesen, dass die Hähne sich zur Balz ein Revier suchen und dann anfangen, Signalrufe abzugeben und damit die herumstreifenden Weibchen anlocken. Manchmal drei gleichzeitig. Und dann haben die so ihren Harem, und wenn sie alle durchgepoppt haben und die anfangen zu brüten, dann interessiert die ihr Revier überhaupt nicht mehr. Und das Brüten auch nicht. Das ist doch mal ein Konzept.

– Für Menschen, meinst du?

Kato setzte sich auf und ich sah, wie sie die Wangen einsog und den Mund spitzte, gleichzeitig die Brauen nach unten zog, und ich wusste, das war nicht lustig gewesen.

– Entschuldige, das war ein Scherz.

– Mirren, du machst mir Angst, ist das wirklich in deinem Kopf?

– Ach komm, das war ein Scherz.

Der Fasan purrte in diesem Moment. Kato setzte sich auf meinen Bauch, klemmte ihre Schenkel um meine Hüften, nahm meine Finger in den Mund und leckte sie erst wie eine Katze. Dann bog sie meine Arme zu den Seiten, ihre Nase an meiner, ihr Mund bewegte sich mit geschlossenen Lippen, so saß Boris immer auf mir nach gewonnenem Kampf, wenn er Spucke im Mund sammelte.

Mein Schuh war nass. Laurences Hund war in die Türöffnung gesprungen, ich hatte noch versucht, die Leine festzuhalten, die mir aber durch die Finger glitt. Ich fiel ihm nach über die Schwelle in einen Raum, der kaum höher war als ich groß. Ein Gang, dessen Beginn ich noch durch die Straßenlaternen beleuchtet sah, der aber dann ins Dunkel ging. Der Hund war sicherlich schon Meter voraus, sein Kläffen wurde leiser, ich holte das Feuerzeug aus der Tasche und rieb die Flamme an. Tatsächlich ein niedriger Gang, der aber nur kurz war und in einem Areal endete, das aussah wie ein Kreuzgang.

Wohnte Babinski jetzt in einem Beginenhof? Ich wurde neugierig, ganz zu schweigen davon, dass ich dem Hund nachmusste. Zu meiner Rechten die Ziegelmauer, zu meiner Linken ein Garten, ich ging durch einen Säulengang im Licht meines Feuerzeugs und sah, dass Reliefplatten in die Wand eingelassen waren. Also doch ein Friedhof? Nach vier Platten kam eine Tür, die offen war, ich hörte die Hundekrallen klickern und ging dem Geräusch nach. Wieder ein Gang, an dessen Ende allerdings eine Stahltür war, völlig unpassend, eine Baustellentür, und der Hund stand reglos davor. Wieso nicht. Ich griff nach der Klinke und öffnete. Gelbes Licht und ein warmer Dunst kamen aus dem Spalt und wir beide traten ein, der Hund schlüpfte, ich ging.

Bevor ich es sah, hörte ich es, ein Rauschen, ein Gluckern, ein leises und starkes Pumpen im Abstand von ein paar Sekunden. Der Raum hatte eine zentrale Maschine, die in der Mitte stand, der Raum war rund und schien von ein paar Kerzen beleuchtet, nein, ein paar gedimmte Elektrolichter lagen um das Pumpen herum, ich konnte nur wenig erkennen. Waren das Fotos an den Wänden? Was waren das für Bilder?

Ich ging noch drei Schritte in den seltsamen Saal, der Hund war auf der gegenüberliegenden Seite im Schatten verschwunden und setzte an zu Runden im Raum. Ein Rascheln hinter mir, ich musste mich nicht umdrehen, war auch nicht verwundert, dass Babinski dicht an meiner linken Schulter stand. Unsere Herzen waren auf derselben Höhe, und dann bemerkte ich seine Finger, die nach meiner Hand griffen. Er fädelte seine Finger um meinen Handteller und ich zog nicht zurück. Die Worte so leise, dass ich sie eher spürte als hörte.

– Was willst du wissen?

Ich kannte diese Hand und ich kannte diese Stimme. Babinski zog mich zur Maschine und legte seine freie Linke an meine Wange, drehte meinen Kopf über die kleine Wanne, die zwischen den Pumpen stand und mit einer Flüssigkeit gefüllt war. Ich machte mich los.

– Was soll das.

– Hier. Hier schwimmt die Lösung.

Babinski zog ein Fläschchen aus seiner Anzugtasche.

– Du bist wirklich das schönste Kaninchen, das ich je hatte. Du mit deinem Ernst. Mirren, Mirren, an der Wand, ich habe so ein wundervolles Archiv von dir angelegt. Ich kann dich nachbauen, in allen Einzelheiten, ich kann deine Bilder nachmalen, ich kenne deine Stimme in allen Lebenslagen.

Ich war verwirrt, war entsetzt, war neugierig, alles hintereinander und dann zugleich. Was soll das, fragte ich noch einmal und schaute Babinski an.

– Ich gebe dir die Möglichkeit, alles zu verstehen. Wolltest du das nicht? Ich guck dir seit Monaten zu. Ich weiß dich inwendig und auswendig, Mirren. Ich weiß sogar, wie deine Freundin schmeckt.

Ich atmete tief ein, um meine Wut in mir zu behalten. Ich musste wieder an das künstliche Passfoto denken, das Babinski mit sich trug. Seine Kunst hatte, ja, was eigentlich zum Zweck, Fremden zu nahe zu kommen? Sie auszustellen? Zu durchleuchten? Ich hatte überhaupt keine Lust darauf, mich mit den Augen oder meinetwegen dem Archiv von Babinski zu sehen. Aber ich musste wissen, weshalb dieser Aufwand, diese Mühe, dies alles.

– Weißt du, Mirren, mit den Menschen ist es ja so, sie wollen immer alles wissen, sie wollen sich selbst kennenlernen, und dann wollen sie wissen, weshalb sie so sind, wie sie sind, sie wollen immer in die Tiefe, sie wollen sich lückenlos erzählt haben, lückenlos. Und ich mach das. Ich baue lückenlose Menschen, ich fülle jede Leere, ich erzähle dir alles über dich und deine Welt, wo du herkommst, ich weiß sogar, wo du hingehst, ich weiß alles.

Mir fehlte die Phantasie für das, was Babinski da erzählte, und ich konnte auch diese bedeutungsschwangeren Wörter Mensch, Leere, Tiefe nicht mit mir in Verbindung bringen. Ich verstand ihn nicht und fragte nach, für wen machte er das?

– Für mich, für dich, für alle, das ist meine Kunst. Du bist mein Stillleben, wenn du so willst.

Was für ein Schwachsinn. Mich oder irgendwen mit Daten und Fotos verstehen zu wollen. Babinski sah mich an, ich konnte ihn im Halbdunkel nicht genau sehen, ich konnte ihn riechen, er roch nach Winter und Moschus. Seine Hand hatte sich mittlerweile wieder um meine gelegt.

– Lassen Sie das.

Es knackte, als er den Glasstopfen der Phiole abbrach. Die Flüssigkeit schüttete er in das kleine Bassin zwischen den Pumpen, und sofort begann sich Dampf zu kräuseln. Ich versuchte, ihn nicht einzuatmen, aber Babinski hatte mein Gesicht in einer überraschenden Bewegung wieder Richtung Bassin gedrückt. Ich war stärker als er, aber gegen den Effekt hatte ich keine Chance.

Ich kam auf den Grund.

Auf den Beckengrund, meine Zehen konnten die weißen und schwarzen Kacheln fühlen, die weißen fühlten sich weiß an, die schwarzen waren warm. Meine Füße Dame und König. Mein Atem ging nur mehr nach innen. Und mein Märchen ging so.

Ich war mal ein Kind ohne Farben.
Ich war mal ein Kind mit viel Kraft.
Ich war mal ein Kind ohne Zucker.
Und ich wurde nicht gerne wach.

Ich sah auf meine Hand, sie hielt sich am Wasser fest. Meine Füße im Schach stiegen Luftblasen aus meiner Haut. Meine Haut unter Wasser stiegen Wörter in meinen Kopf. Aus den Fugen der Kacheln Pflanzen nach oben bewegt im Strom. Silberfische. Silberne Fische.

Neben mir Babinski im langsamen Wasser. Finger immer noch um meine Hand, drucklos, leicht, nein, war mir nicht lieb, nein, nicht lieb.

Etwas kratzte im Kopf, von innen. Mein Mund unter dem Wasserspiegel, ich war unter dem Wasserspiegel, über mir die Luft, die ich nicht mehr brauchte.

– Wo bist du?

Hier und nicht, ich war zu Ende und damals.

Ich kämpfte gegen den Schwindel an, ich wusste, in diesem Stillleben stimmte nichts. Ich hatte keinen Freund namens Sascha gehabt, ich kannte Babinski nicht von früher, ich war unterwegs in der Welt, um einen Ort zu finden, das schon, aber ich musste vor nichts flüchten, ich war einfach und aus freien Stücken weggegangen.

Ich drehte den Kopf zu Babinski, um ihn anzuschreien, und sah sein Gesicht nicht mehr. Sein Kopf hatte sich verwandelt, sein Gesicht hatte einen Rüssel, seine Augen insektengroß, was war das, eine Maske?

Keine Luft mehr, ich schluckte Wasser und langsam füllte ich mich, nahm das Wasser auf und spuckte es aus, pisste es aus, weinte es aus, es kam und ging und immer mehr Wasser, Babinski hielt meine Hand, meine nasse Hand, meine durchsichtige nasse Hand wurde zu Wasser. Der Schmerz kam in Wellen, ich war immer wieder kurz so klar, dass ich wusste: Jetzt kommt das. Jetzt kommt das. Jetzt kommt die Mutter, jetzt der Vater. Jetzt kommt Boris, jetzt kommt mein Tier. Mein Katotierchen, mein einziges Märchen.

Wie lange? Zehn Minuten? Zehn Stunden?

Mein linker Arm wurde immer kälter und meine Füße froren schon längst. Ich wollte nicht pinkeln. Wohin denn. Wohin muss ich. Muss. Muss ich aufstehen?

Ich lag im Nassen, in einer Lache, die süß roch. Meine Haare klebten an meinem Gesicht und auf dem Boden. Ich lag auf der Seite, ich konnte meine Beine bewegen, meine Augen ließ ich zu. Langsam schob ich meinen kalten Arm nach vorn, Hand am Boden, ich tastete auf dem Backsteinboden, waren da nicht Kacheln gewesen? Mit den Momenten des Aufwachens setzten sich die Dinge zusammen und mein Körper. Ich öffnete die Augen.

Der Raum war nicht nass, er war vollkommen trocken. Das Klebrige an meinem Kopf verstand ich nicht, und auf Höhe meines Beckens staute sich eine kleine Pfütze im unregelmäßigen Stein. In der Mitte pumpte diese Maschine, von der ich wünschte, sie sei ein Herz, ein unaufhörlich pumpendes und versorgendes Herz. Meines stolperte mit meinem Blick das rötliche Halbdunkel entlang.

An den Wänden hingen keine Fotos. An den Wänden hingen Kopien von Bildern, die ich kannte. Diese Motive, antike Figuren, Masken, Gefäße und Insekten, Obst, Wellen und Himmel, das waren meine Motive, meine Bilder, das wusste ich genau.

Ich fing im selben Moment an zu zittern vor Kälte und zu schwitzen, dachte daran, wie mir Kato erzählt hatte, dass wir immer noch in der Eiszeit lebten, als ein lauter werdendes Klickern hinter mir näherkam und eine Nase durch mein Gesicht wischte. Der Hund, immerhin, ich stützte mich auf und dabei platzte mein Kopf. In einer schrecklichen Welle kam noch einmal der Schmerz.

Als ich wieder Luft holen konnte, hatte ich meine Beine angezogen und saß auf dem Boden. Das Würgen kam plötzlich, Galle kam hoch und brannte im Hals.

Wo war ich hier? Die Bilder, die Kälte, diese Maschine.

Babinski war verschwunden, was für dreckige Drogen hatte er hier in die Luft gepustet? Ich wurde mir immer sicherer, dass ich etwas eingeatmet haben musste, das meinen Kompass außer Kraft gesetzt hatte, noch immer rotierte die Nadel in meinem Kopf. Könnte die bitte mal auf was zeigen, das mir das Ganze hier erklärt?

Ich stemmte mich hoch, erst auf alle Viere, dann auf meine Beine, die irgendwo in der Mitte zitterten.

Dann erinnerte ich mich an Babinskis Gerede, bevor er die Droge in das Bassin schüttete. Tiefe, Leere, Mensch lückenlos zusammensetzen. Welch ein kapitalistischer, gemeiner Mist.

Wieso hatte er sich mich ausgesucht?

Er sollte erstmal sich zusammensetzen.

Ich fing an, laut zu sein, mein lautes Atemholen laut in dem Bildrund, ich schluckte Luft, ich aß Luft in Portionen, bekam zu wenig auf einmal, zog Stücke von Luft ein und stapelte sie in mir.

Das Schluchzen ging endlich vorbei und ich sah auf den Hund und seine Runden im Raum, die er wieder aufgenommen hatte. Plötzlich zielte er auf die Mitte, auf die Maschine, die abgeschaltet schien, sie war leise. Ich versuchte zu gehen, ging zum Hund, der hechelte, und sah mir die Pumpe näher an. Sie bestand aus drei Trichtern, die um das kleine Bassin gruppiert waren, die oben in den Raum ragten, wie Grammophontrichter sahen sie aus, Muscheln, gebogene Hälse, an denen aber Schläuche befestigt waren, die in einen großen Kompressor liefen. Der wiederum stand auf einem Metallschrank, einem typischen halbhohen Aktenschrank mit zwei Registern.

– Was sagst du, Hund, soll ich mal ziehen?
– Ja, klar. Mach.

Ich zog an der oberen Schublade und sie glitt auf. Eine Hängeregistratur, in der Pappkladden wackelten. Oben auf den Kladden durchsichtige Reiter mit weißen Schildchen. Sie waren beschriftet und ich las. Zuerst fiel mir mein eigener Name ins Auge.

Mirren
Kato
Boris
Bude
See
Eiskeller

Was war das? Ich nahm die Akte mit meinem Namen und spannte sie auf, darin waren Fotos, von mir, im dämmrigen Licht des Raums sah ich Fotos, die meine Eltern gemacht hatten, als wir Kinder waren, Boris und ich in der Badewanne, auf der Betontreppe vor unserem Hauseingang, am Springbrunnen mit den nackten Figuren, vorm Hort.

Ich sah mich klein und größer werden, in meiner Geburtsstadt und in den größeren Städten, in die ich dann ging, ich sah ein Foto, das mich und Liv im Hopper zeigte. Ich hatte keine Ahnung, dass diese Fotos noch existierten oder überhaupt existierten, Fotos von mir am Schwimmbadeingang, mit Kato, ohne Kato. In die anderen Akten brauchte ich nicht schauen, Babinski hatte ein Archiv angelegt, das ich nicht wollte. Eiskeller interessierte mich am allerwenigsten, See und Bude, egal. In der Tasche meiner Cordhose, in die ich meine Finger steckte, fühlte ich das Feuerzeug aus dem Stapelhuis.

Die Fotos brannten gut, grünlich, ich nahm ein paar von dem Haufen, den ich vor dem Aktenschrank angezündet hatte und hielt sie unter die Hängeregistraturen. Die Pappe fing Feuer, nach den Akten waren die Bilder dran, der Raum füllte sich mit Rauch, ich musste schnell sein. Wie eine zweite Decke verschob er sich nach unten, wie ein umgedrehter Teppich, bemerkte ich, als ich hastig im Rund von den Wänden nahm, was Babinski kopiert hatte oder hatte kopieren lassen, ich schichtete die Gemälde auf die schon brennenden Fotos und Akten und ließ das Feuer übernehmen.

Ich musste aus dem Raum, denn ich wollte die Bilder nicht einatmen. Das Anschauen hatte schon genügt. Der Hund lag winselnd neben der Tür. Ich schaute noch ein paar Sekunden auf den Haufen und wusste, wenn ich die

Tür öffnete, würde das Feuer die nötige Luft bekommen, dann wäre ich wieder eine Lücke für Babinski, eine schöne selbstgemachte Lücke, eine schöne selbstbestimmte Erinnerung für mich allein, ich wäre wieder Mirren, ich selbst. Ich ging den Weg rückwärts, zog den Hund an seiner Leine hinterher, verließ Raum, Kreuzgang, Tür, Straße, Viertel.

Nach dieser Nacht mussten wir endgültig weg. Weihnachten wollte ich sicher nicht mehr in dieser Stadt sein.

Mir ist nicht warm, nicht kalt. Mir ist gut, ich liege gut, auf dem Leinen, unter dem Firnis.

Lichteinfall

In der fünfzehnten Woche der Bude wurde Kato das Herz schwer. Ich mochte es, wenn sie sich auf mich setzte, aber ich mochte es nicht, wenn sie es wütend tat, wenn sie die Beine in meine verklemmte und mir weh tat. Ich war immer ungut überrascht, wenn sie plötzlich diese Bewegungen herholte, von wo auch immer, Kato, du bist doch gar nicht bei mir? Sowas fragte ich mich, wo sie wohl war, wo sie das gelernt hatte, sie war wütend und tat sich auch selbst dabei weh. An einem Abend kurz nach dem Fasangespräch, nach der Wut, blutete sie am linken Knie. Sie hatte sich einen Splitter von der Veranda eingerissen und ich musste mir etwas ausdenken.

Nachdem ich ein Schälchen Wasser besorgt hatte, hockte ich mich vor sie, zog sachte das Holz aus der Haut, während Kato leise zischte. Ich tunkte einen Lappen in das Wasser, wusch ihr das Blut ab und legte ein Stückchen Stoff auf die Wunde, das ich mit einem Halstuch festband. Ich holte meinen Aquarellkasten und malte ihr ein Lächeln über den Verband. Weil es so schön war, die Farbe angerührt und der Pinsel sie kitzelte, malte ich weiter. Aus dem Lächeln wurde ein Oktopus und aus ein paar blauen

Flecken, die sie sich zugezogen hatte, wurden kleine Miesmuscheln.

– Wusstest du, dass Miesmuscheln bis zu hundertzwanzig Jahre alt werden können?

– Ach Mirren.

– Wirklich, die leben dann auf Walstürzen, das sind Wale, die gestorben sind und auf dem Tiefseeboden liegen. Die sind jahrzehntelang die Buffets für die Muscheln.

Ich kreiste noch einen Fleck ein und fing an, ein paar Seegräser zu stricheln. Kato lachte jetzt. Alles war wieder gut. Ich fühlte mich wie der Wal auf dem Grund, ich half ihr zu überleben. Und sie half mir. In der Nacht noch, auf dem Steg über dem Hangmeer, tauchte ich ganz sanft in ihre Unterwasserwelt, die meine war.

Es war warm, als wir in Athen Eleftherios-Venizelos landeten, im Taxi nach Piräus wackelte ein Plastikweihnachtsbaum über einem Saugnapf auf dem Armaturenbrett, obwohl es früher Herbst war.

– Du, das war der völlige Rummel hier, alles bunt bemalt.

Kato schaute aus dem Taxifenster und ich zeigte auf die Tempelüberreste, an denen wir gerade vorbeigefahren waren.

– Wirklich, die Figuren hatten Sandalen an, hatten Augen, Haarfarbe, Hautfarbe.

– Aber wieso?
– Weil es sonst viel zu hell gewesen wäre. Stell dir mal vor, die Akropolis, eine dicke weiße Glühbirne, es hätte geleuchtet, alles überstrahlt, die Menschen hätten ja gar nichts gesehen von der Pracht.

Als wir im Hafen ankamen, war die Fähre schon abfahrbereit, wir stiegen schnell zu und hatten keine Lust, unter Deck zu gehen. Der Geruch, dieser typische Schiffsgeruch, woraus bestand der eigentlich, Benzin, Fisch, Salzwasser, Öl. An Deck blaue und grüne mit Plaste bewehrte Bänke, Kato und ich setzten uns aneinander lehnend mit Blick ins Offene. Gegenüber kamen Leute, zwei schöne kleine Franzosen, die leise diskutierten, mit fein geschnittenen Gesichtern, ich sah sie gern an, Alain Delons, dachte ich, gleich zwei davon hatten sich gefunden, und der eine trug einen Maxi Cosi mit einem winzigen Baby, es mochte wohl zwei oder drei Monate alt sein. Der eine schöne Franzose legte sich auf die Plastebank, den Kopf in den Schoß seines Mannes und den Säugling auf seinen Bauch, so dass die in weißen Strick eingepackten Arme zu beiden Seiten baumelten. Das Baby schlief, alle saßen und lagen dort mit geschlossenen Augen, die Nasen kühl in der Meeresluft, die Nacht anbrechend, die Insel in Erwartung.

Das ist Frieden, dachte ich, wurde so warm, so ruhig, hielt Kato fest. Das ist Frieden.

Etwas mehr als vier Stunden später, es war noch weit

vor Mitternacht, wir hatten auf das Meer gesehen auf dem zugigen Deck und später geschützt hinter Glas, kamen wir in Parikia an.

Boris. Meine Güte. Boris stand neben dem Schifffahrtsbüro, stand breitbeinig über einem kleinen Mofa. Ich hatte ihm geschrieben, dass wir kommen, immerhin war er da, aber auf dem Mofa konnten wir unmöglich unser Gepäck und natürlich nicht mal uns transportieren.

– Mirren, mein Schatz.

Ich umarmte meinen strahlenden Bruder, er sah wirklich gut aus, nein, lustig, hatte sich einen Oberlippenbart stehen lassen.

Auf der Stelle gingen wir in eine Hafenkneipe. Ich blickte
auf Boris' Hand, die immer wieder in der Pistazienschale versank, die ausgeknackten Nüsse verschwanden unter seinem Bart wie Münzen in einem Automaten. Rund vierzig Prozent musste man abziehen von dem, was er erzählte, dann kam in etwa das wirklich Geschehene zustande.

Er erzählte von den Russen, die in das Haus nebenan eingezogen waren, von den Partys, wie sie manchmal morgens im Sand lagen, vollkommen abgeschossen, wenn er seine ersten Züge machen wollte. Dass er ja auch so ein oder zwei Partys im Monat mache, aber dann immer nur wenige Gäste, weißt du, Mirren, und die richtigen. Boris erzählte von seinen Geschäften, dass es gerade so einfach sei, alles laufen zu lassen, ab und zu mal eine Videoschalte, dann wieder abtauchen, seine Leute würden das schon machen. Die Bilder, ja, bestens gelagert, trocken und bei konstanter Temperatur. Weshalb ich nicht noch ein paar verkaufen wolle?

– Boris, ich brauch kein Geld mehr. Zu viel davon macht unglücklich.

Mein Bruder guckte mich nur an und grinste.

Er berichtete von den Aktien, die gerade so richtig gut gingen, alles mit Solarenergie und überhaupt, die Erneuerbaren. Er sprach von seiner seit neuestem angelegten Whiskysammlung, die wohl schon so beträchtlich war, dass sie an den Wert seines Weinkellers herankam. Ich fragte mich kurz, weshalb er mit diesem Mofa hier ankam, um

uns abzuholen, anstatt mit einem seiner Wagen, aber das war wohl eine Reminiszenz an unsere früheren Inselzeiten, in denen wir immer mit diesen Dingern über die Wege geknattert waren. Betrunken raus aus Naoussa, die Küste entlang, wenn die Straße nah an der See verlief, wurde es kalt, Windwellen, vom Meer geschubst.

Wovon Boris nicht erzählte, war sein Sohn Nono.

Aber er hatte Kalypsos Bruder angerufen, der uns mit einem Bulli abholte und uns zum Haus brachte, er selbst mähte mit seinem Zweirad hinter uns her. Kato war todmüde, das sah ich, als wir über den kleinen Plattenweg im Dunkeln zum kleinen Gästehaus stapften. Ich hatte es schon in der Kneipe bemerkt, wenn Kato müde war, gingen ihre Augen von unten zu, nicht von oben. Ich zeigte ihr nur schnell das Bad, das Bett, dann fielen wir beide um, wissend, dass das Meer morgen früh da sein, dass es kalt und wunderbar sein würde.

Mein Schlaf war leicht seit ein paar Wochen, seit der Begegnung mit Babinski, und weil es keine Tiefen waren, aus denen ich auftauchen musste, konnte ich mich an alle Träume erinnern. Schön und verwildert die meisten, ich war in ihnen zuhause und merkte meine Sehnsucht nach einem Zuhause mit jedem Aufwachen. Als ich damals in Boris' Gästehaus aufwachte, war Kato schon auf der Terrasse. Sie hatte sich Kaffee gemacht mit dem alten Stieltöpfchen und hatte sich einen Liegestuhl aufgestellt. Sie war nackt und las.

– Was liest du?

Sie hob das Buch so, dass ich die Seiten sah, die sie gerade anschaute, Abbildungen von antiken Statuen.

– Und von vorne?

Sie drehte es um, hob es noch einmal und ich sah, dass es vom Bestand einer Glyptothek handelte. Ein altes Buch in grünem Leinen, das sie aus dem Regal gezupft hatte.

– Schau mal, hier gibt es eine Kalypso. Sieht Boris' Kalypso auch so aus?

Ich konnte aus der Entfernung nicht genau sehen, was auf der Abbildung war, ein weißer Korpus, aber ich war sowieso abgelenkt von einem anderen weißen Bild, von ihrem.

Die zwei Aktfotografien, die es von Kato gibt, sind zufällig entstanden. Sie haben interessanterweise beide nicht eines, sondern zwei Zentren, und da auf beiden ihr Schoß nicht zu sehen ist, sind es ihre Gesichtszüge, die auf jenen Bildern mit den feinen runden Wölbungen ihrer Brüste, mit deren hellhimbeerfarbenen Spitzen konkurrieren. Doch halt, weshalb der Blick ins Spektrum, keines ist eine Farbaufnahme.

Das erste, blaustichig und im Schatten eines heißen Sommertages aufgenommen, zeigt sie liegend. Der schwerste Punkt ihres Körpers ist ihr Gesäß, das im gestreiften Segeltuch des Liegestuhls liegt und von dem sich an der einen Seite ihre Beine kreuzen, auf der anderen Seite ihr Rumpf in einem leichten Winkel liegt, der eine Arm angewinkelt und ein Buch haltend, der andere Arm ist erhoben, zu einem Bogen geformt, ihre Hand liegt über ihren Augen, Schatten spendend, der Blick und die mit geschlossenem Mund lachende Miene zum Fotografen erhoben.

Vierzehn Menschen kennen diese Fotografie, vielmehr, sie besitzen oder besaßen sie. Kato hatte eine Liste der Besitzer und Besitzerinnen gemacht, auch ich stehe darauf, diese Liste, sie lag lange in ihrem kleinen Sekretär, und als ich sie zufällig sah, erzählte mir Kato von jedem Namen.

Die zweite Aufnahme kennen nur zwei Menschen, sie ist weitaus besser, wenn man Kategorien des Lichteinfalls, der Pose, der Intensität anlegen will. Braungelblich das Licht, ihre hellen Haare nicht als solche erkennbar, dunkle Flechten, die sie hinter dem Kopf zusammennimmt im Augenblick der Belichtung. Das Gesicht scheint frontal aufgenommen, ihr Haupt leicht gesenkt blickt sie direkt in die Kamera. Wie schutzlos sie ihre weißen Achseln darbietet. Wie entspannt und kindlich ihr Mund, wie neugierig ihre Augen aussehen. Die angedeutete Wölbung ihrer Lungenflügel unter ihrer weißen, beinahe durchsichtig scheinenden Haut lässt einen sanften Schatten zwischen ihren Brüsten beginnen bis fast zum Bauchnabel, unter dem die Fotografie endet. Das Muttermal unter ihrer linken Brust, das genau dort sitzt, wo sich ihr Busen hebt, ist deutlich zu erkennen.

Ich habe versucht, Kato nach dieser Aufnahme zu malen. Es ist mir nicht gelungen.

Die Steine rochen nach Staub, pudrig und ein bisschen sauer, und als ich meinen Kopf nach links drehte, sah ich eine Straße von Ameisen, die wir leidlich derangiert hatten mit unserer Morgengymnastik. Boris klopfte nicht an, er raschelte nicht, er kam auf die Terrasse geschlichen, so kam es mir vor, und so überraschte er uns. Keinem machte es etwas aus, Kato zog sich ihr Hemd an, ich meines, wir sortierten uns in die Stühle und ich machte uns noch einen Kaffee. Mir fiel im Tageslicht auf, dass Boris seltsam struppig aussah, die Haare wuchsen ihm über die Ohren und sein Shirt hatte einen Fleck rechts unten auf Höhe des Bauchnabels. Das passte nicht zu ihm, der alles gern rein und ordentlich hatte, der die Welt und ihre Dinge gerne so hatte, als wären sie in diesem Moment für ihn gemacht worden. Vielleicht, weil er früher Hosen vom Nachbarjungen auftragen musste, die schon irgendein Nachbarjunge vor diesem getragen hatte, ich weiß nicht. Jedenfalls passte in diesem Moment der Fleck nicht zu ihm, genauso wenig wie die rausgewachsene Frisur. Und in dem Licht bekam auch sein Bart etwas Seltsames. Er, der gestern so angeknipst im Hafen erschienen war, hatte etwas Schweres, wie er da so im Stuhl saß.

Kato?

Provisorium

In der sechzehnten Woche der Bude hatte sich Kato ihren Schreibtisch so nah an den Rand der Terrasse gerückt, dass sie ganz im Grünen saß. Wieso sie erst jetzt darauf kam. Es war die perfekte Position, nicht nur für mich, ich konnte sie beobachten, wenn ich oben war, sondern anscheinend auch für sie. Ihr Tippen hämmerte den Hang hinunter, ich hörte es bis zum Eiskeller und antwortete mit Hacken. Sehen konnten wir uns nicht, dafür war zu viel Grün und Gestrüpp zwischen uns und seit neuestem auch zwei Johannisbeersträucher. Ich hatte Sehnsucht danach, zu ernten. Der Fels war nicht einfacher geworden. Ich hatte das Loch, das schräg nach unten in den Hang führte, mit Brettern gesichert, damit die Wildschweine, deren Wege unübersehbar waren, nicht hineinrannten. Das Weiche war weg, das halbwegs Weiche auch, jetzt brauchte ich eine neue Strategie. Ich musste mir etwas ausdenken und dachte: Hammer und Meißel. Als ich Kato im Abendlicht verschwitzt und mit der heißen Haut des Tages davon berichtete, meinte sie, ich solle doch bitte auf die Kante achtgeben, die, mit der das Grundstück abschloss und an deren Abbruch es viele Meter hinunterging bis zum Weg am Flussbett. Zwanzig oder dreißig Meter waren es, und ich hatte schon bemerkt, dass Kato den unteren Teil der Wildnis mied, dass sie immer schön oben bei der Bude blieb. Sie wagte sich nicht weit weg von der Terrasse und hatte auch nicht wie ich den Drang, jeden Winkel des Grundstücks zu erkunden. Immerhin, durch die neue Position ihres Tisches hatte sich ihr Blick geweitet. Aber es war immer noch so, als ob die Terrasse ein Steg über dem Hangmeer für sie war, den sie nicht mal eben zum Schwimmen verließ. Ihr Ausguck reichte ihr.

Wir beobachteten einen Buntspecht.

– Da kann man für die Radierplatte noch was lernen.

– Oder für den Eiskeller.

Wir hatten uns entschlossen, hierzubleiben, erst sollte es nur für zwei Nächte sein, ohne darüber zu sprechen, blieben wir viel länger. Wir hatten genug Wasser und hatten uns mit Wein eingedeckt, den ich teils in die Zisterne stapelte, teils dahinter, teils in das kleine Schlafzimmer. Essen mussten wir beide nicht viel, es war heiß und meist reichte ein Stück Brot mit Honig am Morgen, ein Stück Brot mit Käse am Mittag, und am Abend stellten wir den Rost über das Feuer. Kato brauchte ihre Kekse und ihren schwarzen Tee, sie begann ihn ohne Milch zu trinken, die ließ sich eh nicht aufbewahren. Wir hatten schon vor Wochen eine gute Investition getätigt und ein ausklappbares Solarpanel besorgt, das ich an zwei Nägel an die Südseite der Bude hängen konnte und das eine kleine Batterie speiste, aus der wir unseren Strom für den Computer bekamen und an der man auch eine kleine Lampe anknipsen konnte.

Auch das Waschen war bequem, ich musste bloß den Kanister auf den hölzernen Bogen stellen, den der Vorbesitzer für die Rosen gebaut hatte, der jetzt aber eine feine Duschhalterung war. Kato kam nicht ran, ich hievte den Plastikkanister auf Befehl hinauf und drehte den grünen Hahn auf, wenn sie duschen wollte.

– Duschen ist jetzt echt nicht das richtige Wort.

Und deshalb erzählte sie mir ein kühlendes Morgenmärchen. Und das ging so.

Es war einmal ein altes Hotel an einem alten See, und unter dem Hotel wohnten drei Karpfen. Sie waren älter als das Hotel und wohl älter noch als der See und sie waren so groß, dass alle Weisen, die sie sahen, in all ihrem Karpfenwissen von ihnen überboten wurden. Sie sind zu groß, sagten die Weisen, sie passen nicht in unsere Welt. Und so versuchten sie, die drei Karpfen unter dem alten Hotel am alten See aus der Welt zu nehmen. Sie versuchten es mit Angeln und mit Netzen. Mit Harpunen und gutem Zureden. Doch die Karpfen trieben weiter und ließen ihre Barteln flattern. Sie spiegelten sich in ihren Schuppen und wussten, dass sie älter waren und älter wurden als die Welt.

Sie hatte noch nicht zu Ende erzählt, also, ich glaube, Kato war noch nicht am Schluss, da hörten wir einen Knall und drehten uns zur Bude. Das Geräusch war aus dem Haus gekommen, war laut, und keinesfalls war etwas umgefallen, eher etwas umgebracht. Es hörte sich an wie etwas, das den Zustand wechselte, vom Leben weg, wir schraken hoch von den duschwasserbesprenkelten Platten, auf denen wir gesessen hatten, und gingen auf die Bude zu, ich voran, wie immer. Es schien alles unverändert. Die Terrasse in der Sonne, die Tür zu, die beiden Fenster verhangen.

– Vielleicht ist ein Tier drin.

Kato flüsterte.

– Die Tür ist doch zu.

– Durch die Wand?

Konnte etwas durch das Ofenrohr hineingekrochen sein? Ich hatte vorletzte Woche einen alten Ofen in die Hütte geschleppt, hatte ein Loch durch die Wand gebrochen, gesägt, gestoßen und hatte ein Rohr mit Ziegelsteinen und Alufolie eingeklemmt und nach außen geleitet. Der Herbst konnte kommen. Aber konnte ein Tier sich durch das Rohr in die Bude verirren?

Ich ging auf die Tür zu und zog sie auf. In der Küche war alles wie immer, im Schlafzimmer auch, im großen Zimmer schien nichts passiert auf den ersten Blick, aber dann legte mir Kato die Hand auf den Rücken.

– Guck mal.

Sie flüsterte immer noch. Scheiße. Wir hatten große quadratische Aluspiegel gegen die Wand geschraubt, weil's schön war, aber auch, um das Loch zu verdecken, das der Vorbewohner in die Längswand geschnitten hatte. Drei

Spiegelquadrate hingen dort, von denen nur noch zwei heil waren. Genau über dem Loch war der rechte Spiegel geborsten oder geplatzt, jedenfalls war da eine große Macke, von der aus Risse bis zu den Kanten verliefen, befremdliche Blitze, die unsere sich spiegelnden Körper zerteilten.

Unter dem Loch türmte sich bereits ein kleiner Haufen dieses wolligen Staubs, der uns schon in den ersten Tagen der Bude entgegengekommen war. Es rieselte wenig, aber stetig, das Material zog eine Spur aus dem Loch über den kaputten Spiegel bis zum Boden. Was war passiert? Wie konnte dieser graue Staub den Aluspiegel sprengen? War es von außen oder von innen passiert? Kato nahm ein Heftchen aus dem Papierstapel neben dem Ofen, riss den Umschlag ab und griff sich Klebeband aus der Küche. Das Heft bedeckte das Loch, die Blitze gingen nun von ihm aus.

– Erste Hilfe. Und jetzt?

Ich fand die Erste Hilfe eigentlich so gelungen, dass sie hätte bleiben können, es sah ganz richtig aus so, dieses Comicheft mit dem rothaarigen Typen drauf, ein Held im Kostüm, dessen Kräfte endlich mal auch außerhalb des Heftchens stattfanden.

– Ich denk mir was aus.

Ich dachte mir nichts aus, ich vergaß. Provisorien haben den Hang, sich zu verstetigen.

Als wir aus Griechenland zurückgekommen waren, machte ich gar keinen Umweg mehr über die Stadt am Fluss, sondern besorgte uns gleich ein Atelier in der kleinen Stadt, in dem wir zusammen wohnen und arbeiten konnten. Wieder eine Wohnung oben in einem Haus, wir lebten einmal mehr in der Luft. Das Atelier war klein, Kato nannte es ihr Schreibzimmer, ich nannte es unsere Wohnung, eigentlich war es ein großer Raum, den wir mit Vorhängen in Areale teilten. Schriftareal, Farbareal, Kochen, Schlafen. Kato hatte ein neues Projekt begonnen, bei dem sie nicht mehr fotografierte, sondern schrieb. Es war eine Bildtheorie, so sagte sie mir, die sie versuchte zu entwickeln, für die sie Fotografien und Videosequenzen analysierte. Sie machte nichts mehr selbst, sondern lenkte den Blick auf andere Bilder. Erstmal, sagte sie.

Sie war noch einmal nach Antwerpen zurückgekehrt, um ihre Wohnung und ihre Küche aufzulösen, beides übernahm Högni, ich bin sicher, er hätte auch am liebsten ihr Leben übernommen. Dieser missgünstige kleine Eisvogel.

Kato mochte ihr neues Schreibzimmer, auch wenn die Sprache vor der Tür nicht einfach für sie war und sie sich immer mal mein Fluchen über die schlecht gelaunten Stadtbewohner anhören musste. Wieso waren wir eigentlich hier gelandet? Weil Kato der Name der Stadt gefallen hatte, weil sie weit weg war vom goldenen Fluss und von

Babinskis Dunkel, weil wir überall sein konnten und weil ich vor Ewigkeiten hier geboren war.

– Jetzt ziehen wir zu dir. Erst waren wir bei mir, jetzt sind wir bei dir.

– Hier bin ich nicht. Ich weiß gar nicht, ob ich überhaupt mal hier war.

Dann war da der See. Ein lang gestrecktes, schmales Wasser hinter der Stadtmauer, das ich schon als Kind gekannt hatte. Jetzt nahm ich es zum ersten Mal als Ort wahr, an dem es sich zu sein lohnte. Wir hatten den See zu Jahresbeginn für uns entdeckt, als uns unser Neujahrsspaziergang aus der Stadt rausführte und an den Schwemmwiesen entlang. Kato und ich hatten kleine zusammengefaltete Zettel in der Tasche, auf denen unsere Wünsche für das kommende Jahr standen, die wir in irgendein Wasser werfen wollten mit allen guten Gedanken, die wir in unseren verkaterten Köpfen finden konnten. Wir hatten jede für sich am Mittag an diesen Zettelchen geschrieben, Kato, ich hatte es beobachtet, schrieb doch tatsächlich eine Liste und riss sie dann in feine Streifen, die sie zusammenknüllte. Wir waren dann mit unseren Pelzen in die kalte sonnige Neujahrsluft gegangen, Hand in Hand stadtauswärts. Kato sah aus wie eine russische Prinzessin. Später malte ich sie aus dem Gedächtnis.

Unser Atelier roch meist nach dem, was Kato gekocht hatte, aber sobald ich den Vorhang zu meinem Areal beiseiteschob, roch es nach dem, was ich gemalt hatte. Nach Holz und Farbe, Dammarfirnis und vielleicht ein ganz bisschen nach dem Ei in der Tempera-Mischung, aber für diese tierische Nuance war nur die Phantasie eingerichtet, ich glaube nicht, dass man sie wirklich gut wahrnahm. Ich selbst roch nach all dem, Laurence nannte es mal meinen Cola-Geruch. In den Kato gerade ihre Nase steckte, sie hatte meinen Pelzmantel aufgeknöpft, um sich an mir zu wärmen.

Wir standen schon an einem Platz am Ufer, den wir uns gesucht hatten, um unsere Zettelchen zu werfen. Ein Bach floss aus dem See ab, der sollte unsere Wünsche mitnehmen. Was hatte sie wohl auf ihre geschrieben, dachte ich damals, als die Atemwölkchen aus meiner Jacke aufstiegen, ihre Nase mein Sternum unterm Norwegerpulli piekste. Später wusste ich, es musste etwas mit Heimat und Geborgenheit zu tun haben, mit einem Ort, zu dem sie gehörte, der zu ihr gehörte.

– Ich hab mal eine Frage. Eine große Katastrophe steht bevor, wo ist für dich das allersicherste Versteck, wohin würdest du fliehen?

Ich musste nicht lange nachdenken. Und sprach es langsam.

– Das sicherste Versteck? Das sicherste Versteck ist kein Ort, sondern die Bewegung. Im Arm eines geliebten Menschen.

Kato sagte nichts darauf, sondern blieb noch eine Weile

in meinem fester gewordenen Pelzgriff, um sich dann umzudrehen, dem Wasser zu, und mit ihren Handschuhen den Zettelhaufen aus ihrer Tasche zu fummeln. Es waren bestimmt zwanzig, klein geknüllt, sie ließ sie nicht einzeln, sondern als weiße Menge ins Wasser fallen, meine Zettel warf ich nach und nach hinterher. Wir schauten, wie die Papiere vom kleinen Bachlauf weggetragen wurden, sich an den vereisten Gräsern des Ufers verfingen, weitertrudelten, manche schafften es, auf der schnellen mittleren Bahn zu bleiben. Wir gingen an dem Neujahrstag zweimal um den See, am folgenden Tag einmal, und in den nächsten Monaten wurde er zu unserem See, den wir aus dem Winter auftauen sahen und von dem wir immer mehr wussten. Ende März konnten wir das erste Mal in ihn eintauchen, mit den länger werdenden Tagen wurden auch die Schwimmzüge zahlreicher, Ende Mai waren wir so weit, dass wir ihn kreuz und quer beschwommen. Das Wasser trug uns durch den Sommer, durch den Herbst, in den Winter, und am Ende des Winters war plötzlich die Bude da.

– Riech mal, weißt du, was ich finde? Gutes Olivenöl riecht wie eine Blume kurz nach dem Aufspringen der Blüte. So grün und kräftig, so vorwärts.

Kato hatte ihr kupferfarbenes Ölkännchen in der Hand und hatte den Deckel abgehoben, hatte einen Zug des Duftes genommen und hielt es mir hin.

– Komm schon, riech mal.

Für mich roch es nach Olivenöl, ich machte ein Hmhhh und stocherte weiter in der gerade beginnenden Glut vor mir, an der ich mir den Schuh versengt hatte und die ich wie jeden Abend mit großer Lust anging. Kato hatte einige Utensilien aus ihrer Kunstküche auch in die Bude gebracht, weniges, aber genug, dass sie kochen konnte auf der kleinen Gasflamme und auf dem offenen Feuer. Backen ging natürlich nicht, für Kuchen war die Bude nicht gemacht. In ihr ließ sich nur improvisieren, was irgendwann einmal als Kochen gelernt war, aber gerade das war das Interessante.

Kato hatte aus Mehl und Wasser einen Teig gemacht, sie hatte Essig dazu geknetet und ein paar Tropfen aus dem Ölkännchen dazu geträufelt. Sie knetete rasch, stellte dann die Schüssel auf den Tisch vor dem roten Sofa und deckte sie mit einem Tuch zu. Ich beobachtete, wie sie die Hände gegeneinander abrieb und dann an ihr Schreibtischchen ging, den Computer aufklappte und zu tippen anfing. Alles, was sie in den Minuten tat, schütten, träufeln, kneten, tippen, tat sie schnell und ruhig.

– Mirren, nicht.

Die Ermahnung kam aus einer kurzen Tipppause, ich hatte nicht umhinkönnen, vom Feuer aufzustehen und den Teig aufzudecken. Samtig, weich, feucht und trocken zugleich, nichts klebte.

– Aber er ist fertig.
– Ist dein Feuer fertig?

Ich fing an, den Teig zu teilen und aus den Portionen Fladen zu kneten. Die alte Eisenpfanne hatte ich schon auf den Rost über die Hitze gestellt, ich schüttete noch ein wenig Öl hinein und legte die hellen Teigkreise in ihre schwarze Garküche. Schnell zog ein feiner Backduft auf, die Brote begannen zu bräunen, Röstwolken auf weißem Grund. Auf die Brote legte ich dünne Scheiben Käse, der schon ziemlich orange und hartgeschwitzt war. Wir hatten keinen Kühlschrank, konnten den Käse und andere Lebensmittel nur mit Schatten und Wasser vorm Sommertag bewahren, aber ich mochte, was die Wärme mit dem Essen machte, vor allem mit dem Käse. Er wurde weich und aromatisch, ich hatte mich mittlerweile an den Geschmack gewöhnt, und unser Käse roch seltsamerweise gar nicht besonders schlimm, vielleicht, weil er immer an der Luft war.

Als wir kurze Zeit danach auf unseren Stühlen saßen, über die Glut ins Flusstal blickten und unsere Pfannenbrote aßen, erzählte Kato von ihren Träumen. Sie hatte in letzter Zeit oft Träume in meiner Sprache gehabt. Und in der vergangenen Nacht hatte sie von einem Pralinenkasten auf ihrem Schoß geträumt, in dem jede Süßigkeit in ein dünnes Blatt mit einer Vokabel darauf eingewickelt war.
– Ein schöner Traum. Belohnung und Wissen gehören zusammen.

Die Dämmerung begann. In der Luft flogen Kleinigkeiten, die ich erst als Insekten betrachtete, bevor ich genauer hinsah und merkte, es waren Flugsamen. Die Natur zuckerte sich schon wieder ein für das nächste Jahr, drehte am Kreislauf, nahm sich die richtige Zeit.

– Wir müssen was zu essen besorgen, was haben wir eigentlich noch da?

– Käse. Mehl.

Kato zählte nachdenklich auf.

– Wein. Echt viel Wein. Richtig viel Wein. Wasser ist erstmal genug. Teebeutel, Kekse hab ich auch noch.

Wir beschlossen, am nächsten Vormittag in das nahegelegene Dorf zu laufen, in dem wir noch nie waren, und dort im Laden zu schauen, was uns gefallen könnte.

Sie streichelte mich wach.
Krempelte mich aus meiner Seitenlage.
Legte mich flach und küsste mich süß,
ließ mir ein Bad in sich ein.

Natürlich vergaßen wir das Einkaufen. Immer wieder vergaßen wir zu gehen. Wir hatten ja genug, nicht viel, aber genug, und Kato hatte angefangen, kleine Gierschspitzen und anderes Grünzeug mit Essig und Öl anzurichten, sie hatte Gänseblümchen dazu gesammelt, jungen Löwenzahn, Wiesenkerbel und wilde Möhre, Rotklee und Gundermann. Sie kannte die Namen der Kräuter, und alles, was sie in die Hand nahm und benannte, begann mir zu schmecken, ob auf unserem Brot, ob von ihrer Gabel.

Die Bude explodiert in unseren Augen.

Piraten

In der siebzehnten Woche der Bude kam der Fuchs. Wir sahen ihn nicht, wir rochen ihn. Kato kannte den Geruch, ihr Vater war ab und an mit Fuchsbälgern heimgekommen von seinen morgendämmrigen Jagdausflügen, die grüne Jacke klamm, aufgeregt und kaffeedurstig. Einmal, als Kato sich nicht früh genug aus der Küche verzogen hatte, sah sie Blut und Härchen am Ärmelaufschlag ihres Vaters, kurze Haare mit weißer Spitze und dieser Geruch nach Blut und Tier, nach Eisen, Marzipan und eingekochtem Urin, nach konzentriertem Tieforange, schon ihre Beschreibung ließ mich schaudern.

– Nein, das ist kein schlimmer Geruch, weißt du, eigentlich freu ich mich immer, wenn ich ihn wittern kann, ich seh sofort dieses schöne Tier vor mir und du weißt schon, dass der Fuchs, also der Fuchs an sich, lächelt?
– Weiß ich.

Ich steckte meine Zeigefinger in die Ecken meines Mundes und zog sie Richtung Ohr.
– Deine Haare, du hast viel zu lange Haare für einen Fuchs.
– Dann schneid sie mir doch fuchsig.

Kato hatte mir schon ein paar Mal die Haare geschnitten, ehrlich gesagt, bevor ich sie kannte, schnitt ich sie mir selbst, nun schnitt sie meine Haare, ließ sie mich schön machen für sich. Als wir uns begegneten, fielen sie mir noch auf die Schultern, mit jedem Mal schienen sie kürzer zu werden. Kato holte die Schere, eigentlich viel zu alt und rostig, und es ziepte auch jedes Mal etwas mehr. Den Hocker stellte ich unter die Eberesche, die Zehen im Wollziest, die Sonne stand genau so, dass ich im Schatten saß und mich nicht verbrannte, obwohl bis auf die Haut ausgezogen. Kato fing links am Kinn an, schnitt die Kieferlinie entlang, ließ meine Haare immer wieder durch ihre Finger fallen und schnitt beherzt zu. Ich sah den Abschnitt auf die Platten, in meinen Schritt und zwischen die Gräser fallen, zwischen meine Zehen und auf meine Knie, Rotbraun auf Weiß, sah die dunkle Farbe, die Dicke der Strähnen, Kato, komm, wenn schon, denn schon. Sie schnitt meine Ohren frei, erst das linke, dann das rechte, schnitt mir die Haare im Nacken so kurz, wie sie noch nie waren, schnitt mir eine Haube für meinen Kopf, eine Fuchshülle, und ich fühlte mich luftig und erdig zugleich. Ich steckte meine Nase in die Kuhle zwischen ihren Brüsten, sie setzte sich auf meinen Schoß, die Haare klebten an mir, an ihr, klebrige Tierchen wir beide, das Ratschen der Schere hörte nicht auf, ich hatte keine Angst, Küsse, Schnippe.

Zeit für ein Märchen, nicht, Kato?

Ein kleines Fuchsmärchen geht so.

Vor langem, in einer anderen Zeit, war es passiert, dass fünf Fuchskinder zusammen groß wurden. Sie wurden behütet und gefüttert von ihrer Mutter, einer erfahrenen Fähe, die sich immer nur so weit vom Bau entfernte, wie sie musste, um genug Spezereien zu besorgen. Morgen für Morgen kam sie zurück mit Mäusen, Rehknochen und Beeren, und ihre fünf Welpen fraßen ihr aus dem Maul. Eines Morgens aber ließ sie auf sich warten, es wurde später und wurde Tag, so dass die Kleinen unruhig wurden und sich irgendwann aufmachten, ihre Mutter zu suchen. Sie liefen hintereinander aus dem Wald und in einen anderen Wald hinein, kamen über einen Fluss, über zwei Felder und in eine Gegend, die sie nicht kannten. Sie liefen in einen Wald, der aussah wie ihr eigener Wald, und plötzlich hörten sie Stimmen. Das ist unsere Mutter, erkannten sie und liefen der Stimme hinterher. Angekommen am Rande einer Lichtung sahen sie sie, am Eingang eines Baus, vor dem fünf Füchslein in der Sonne spielten.

Der Weg zum Eiskeller war mittlerweile so bewuchert, dass der Gang hinunter eine Rutschpartie wurde. Meine Füße waren so abgehärtet, als hätte ich Schuhe an, wenn ich auf eine Wespe trat, merkte ich wenig davon. Ich surfte auf harten Sohlen den Hang hinab und wurde dann eins mit meiner Grabung.

Ich wusste jetzt, weshalb Kato nie runterkam zur Baustelle. Sie hatte genug von Erde, vom Graben, als ihre Mutter starb, war sie es, die das Loch im Garten aushob, die sich mit schmerzenden Daumensattelgelenken und Blasen in beiden Handflächen anderthalb Meter in den Boden grub, die am Ende mit dem Spaten nur noch zentimeterweise die Erde aufkratzte, um sie mit der viel zu schweren Schaufel esslöffelweise aus dem Loch zu hieven. Die auf immer mehr Wurzeln stieß, die weiß und hart im Weg waren, versuchte, die Erde im Boden zu halten und mit wütenden Spatenhieben zu durchschlagen. Die sich schließlich an den Rand des Loches in den Dreck kniete und die schwere schwarze Urne mit der Metallplakette in die Erde senkte. Kurz zuvor hatte sie die Asche aus dem Yardenhuis abgeholt, in einer Shoppingtüte, zwar grau und pietätvoll unbeschrieben, aber eben, einer Shoppingtüte. Die stand neben ihr auf dem Rasen und in der Urne raschelte die Asche. Sie hatte den Aushub Schaufel für Schaufel wieder in das Loch gehievt, zwischendurch immer wieder festgeklopft, schließlich Kompost über dem Viereck in der Steinmauerecke verteilt und zwei violette Blumen daraufgelegt.

Das alles hatte sie mir erzählt an einem der Budenabende vorm Feuer, in lebendiger Erinnerung, die in einem langen Schweigen endete. Nein, meinte sie noch, von Erde habe ich genug, Mirren, ich brauche Luft.

Und während sie in der Luft über mir schrieb, fuhr ich weiter in unseren Berg ein.

Boris hatte ein Problem. Das merkte ich an seiner Hygiene und das merkte Kato nach seinem kleinen Auftritt am ersten Morgen auf der Insel.

– Dein Bruder ist komisch.

– Mein Bruder ist komisch.

– Nein, ich meine, er hat was, es bedrückt ihn was, er hat was zu sagen, das er aber nicht sagt.

– Boris sagt insgesamt wenig.

– Komm, wir schauen, was los ist.

Kato zog sich ein Kleid über den Badeanzug, Sommer war nach ihrer Definition die Zeit, in der keine Unterwäsche außer ab und an Badesachen getragen wurde, ich machte es ihr nach, wir zogen uns also sommerlich an und saßen auf. Wir teilten uns ein Moped, auch wenn es warm war, am Rücken mochte ich ihren Griff um meine Taille, an dem ich immer ablesen konnte, ob ich zu riskant fuhr. Wir machten uns auf den Weg nach Naoussa.

Boris hatte schon ein Getränk und die notorische Pistazienschale vor sich, Blick auf die wackelnden Masten im Hafen.

– Wisst ihr eigentlich, dass Paros mal eine Pirateninsel war?

Im siebzehnten Jahrhundert.
– Jaja, und in den Vierzigern war die Insel von deutschen Piraten besetzt.
Ich konnte dieses Piratengequatsche nicht mehr hören.

Kato und ich setzten uns auf die Strohstühle und ich schaute mich nach Kalypso um. Ich hatte sie lang nicht gesehen, wir verstanden uns immer gut und ohne viel zu reden. Summer sun wash away my troubles. Sie kam wie ein Diamant um die Ecke, hatte ein Tablett mit ehrlichen Getränken in der Hand und ich konnte mich kurz auf den Gedanken konzentrieren, dass durchsichtige Alkoholika die besseren sind, da verschwand er auch schon im Hallo.

Kato, Kalypso. Kalypso, Kato.

Die beiden schauten sich undurchsichtig an, zu kurz, zu lang, egal, ich verstand das nicht wirklich, freute mich in den Mittag.

Zwei Nussschalen später war Boris nicht über seine Piratenbemerkungen hinausgekommen und schaute vor allem an mir vorbei auf die Boote mit ab und an einem Seitenblick auf den Nachbartisch.
– Katypso oder Kalo, wie sollen wir sie jetzt nennen?
– Was?
– Na guck mal, die sind ja wie ineinander verschossen, nicht, dass du eifersüchtig wirst.
– Nicht, dass du eifersüchtig wirst.

Boris schaffte es nicht ganz zu lachen, er war in ein mir

vertrautes, aber sehr seltenes Starren gefallen. Und es blitzte eine Erinnerung auf. Im Sommer vor Ewigkeiten hatte mein kleiner Bruder eine Stecknadel gefunden. Vermutlich hat sie einen roten Plastikkopf gehabt, und sehr wahrscheinlich hat Boris sie sofort als Erkundungsinstrument gesehen. In der Kiefernholzwand waren Schweinchen eingebaut, deren weiße Rüssel aus der Wand guckten. Ich riss ihn an den Schultern nach hinten, die Metalle hatten sich noch nicht berührt.

– Was ist los?

– Nix.

Noch eine Nussschale später und ich blickte in mein drittes durchsichtig gefülltes Glas, meine Hand lag auf dem kleingefliesten Tisch wie vor noch nicht langer Zeit auf der Theke des Stapelhuis. Kalypsos Bruder stellte uns neue Getränke auf den Tisch, sobald die Gläser leer waren, stellte neue Pistazien dazu, sobald die Schalen gegen die Nüsse gewonnen hatten, aus dem Fenster eines der Hafenhäuser wehte ein Elektrotakt über den Hafenplatz, der nicht mal störte. Boris wollte also nicht reden, außer über Piraten. Ich versuchte es mit dem Naheliegenden.

– Ich hab den Überblick nicht mehr. Wie viele Bilder genau hast du stehen?

– So siebzehn? Sechsunddreißig? Achtzig? Keine Ahnung, ich zähl die ja nicht. Aber sind gut gelagert.

Ich nahm mir vor nachzusehen, sobald wir wieder in sei-

nem Haus waren. Immerhin lagerte dort mein Archiv. Wir blickten auf die Masten, dann rückte ein Stuhl. Boris schaute mich jetzt doch an und fing selbstständig an zu sprechen.
– Die Nachbarn haben sich ein paar ausgeborgt, jetzt guck nicht so komisch, also die wollten was an der Wand haben, und Mirren, sieht wirklich schick aus, hallo, psst, warte mal, also.

Boris hob seine Hände und drückte sie in der Luft nach unten, bleib im Sessel, bleib auf dem Teppich, sein Kopf machte die Bewegung mit, ein Wackeldackel beim Bremsen eines Autos.
– Also Moment, mal von vorne. Meine Bilder hängen bei deinen Nachbarn an der Wand, wie viele, welche, was soll der Scheiß? Wer sind deine Nachbarn?

Ich wusste, jetzt kam's, ich wusste, das war nun der Punkt, das war der Oberlippenbart und der Fleck auf dem Hemd, die Stille und der Moment, in dem ich noch versuchen konnte, ihn an den Schultern nach hinten zu reißen. Ich atmete lange aus. Legte meine Hand auf einen anderen Fleck des Tisches, die zweite daneben.
– Was. Ist. Los.

Und Boris erzählte, schwitzte, erzählte.

Die Wegwarte machte ihre Blüten vor den ersten Sonnenstrahlen auf, und sobald es zu warm wurde, gegen Mittag, schloss sie sie wieder. Eine Vormittagspflanze, genau wie Kato. Sie erzählte mir, dass jede Blüte sich nur einmal öffnete, ich wollte das nachprüfen und legte mich in die Hängematte, die ich zwischen die Eberesche und einen unserer Terrassenpfeiler gebunden hatte. Hier schlief ich manchmal, ich hängte mich so tief, dass mein Kopf auf Höhe der Wegwartenstängel war, und natürlich verpasste ich die Blütenöffnung in der Dämmerung. Als ich meine Augen aufschlug, standen die blauen Sterne schon erwartungsvoll im Grün. Ich glaube weiterhin, dass das nicht stimmt, das mit dem einmaligen Öffnen, jedenfalls habe ich nie eine Blüte bemerkt, die nicht am anderen Tag wieder aufstand.

Kato sammelte die Blätter und dünstete sie zu einem bitteren Salat, der mit Öl und Salz angemacht auf unsere warmen Käsebrote passte. Kato versuchte die Wurzeln zu trocknen, zu rösten und dann zu Kaffeepulver zu stoßen – aber das funktionierte ein ums andere Mal nicht. Mit viel Phantasie roch so ein angewärmtes Wurzelstück vielleicht ein bisschen nach Kaffee, aber schließlich blieb Kato bei ihrem Tee, den sie mittlerweile aus allen möglichen getrockneten Kräutern braute. Zucker oder Salz hatten wir nicht mehr, brauchten wir nicht mehr, überhaupt brauchten wir immer weniger, so hatte ich das Gefühl.

– Wollen wir zum Fluss gehen?

– Und dann weiter zum Dorf?

Wir kamen bis zum Gattertor am Trampelpfad, das so

kaputt war, dass ich erstmal zurückging, um einen Hammer und ein paar Nägel zu holen.

– Darf ich?

Sie war die Meisterin des Nageleinschlagens, und so ließ ich ihr den Hammer und setzte mich in den Hang. Mir fielen die Marillen auf, von denen einige schon runtergefallen waren. Ich nahm mir eine und drückte sie, biss hinein und mein Mund war voll von Süß und Gelb und Pflaumig, und durch die Nase ins Hirn schossen mir Erinnerungen an den winzigen Garten meiner Großeltern, den sie an einer Straßenecke angelegt hatten.

Inmitten einer Wohnsiedlung war dieses kleine Stück Brache, das sie umgruben, auf dem sie Kartoffeln unten und Erbsen oben zogen, auf dem ein paar Gerbera und drei Sonnenblumen standen, auf das sie eine lawede Holzbank gestellt hatten und an dessen Rand dieser kleine zähe Marillenbaum wuchs. Autos fuhren vorbei, aus der Platte gegenüber schauten die Nachbarn und mir war es peinlich, meine Großeltern gärtnern zu sehen. Meine Oma trug immer ein Kopftuch und einen weiten gestreiften Rock, mein Opa ein blaues Kattunhemd und eine Cordhose. Tag für Tag wurschtelten sie an irgendwas in ihrem Garten, wie sie ihn hochtrabend nannten, und wenn die Abendsonne kam, saßen sie auf der Bank und schauten auf ihr Tagwerk. Ich habe erst später verstanden, was sie da brauchten, mit den Händen in der Erde, mit der Bank und dem Besetzen ihres Stück Landes, das ohne ihr Wirken einfach eine winzige Wiese gewesen wäre, auf der die Leute ihre Hunde hätten kacken lassen.

Daran dachte ich, als ich auf der Marille kaute, die saure Schale aussog und den Stein freiknabberte.

– Bin gleich wieder da.

Ich lief zur Bude und holte einen Topf, in den ich die Marillen sammelte. Kato war begeistert, entsteinte und kochte die Früchte mit Apfelsaft und Zimt zu einem Mus, das wir am Abend direkt aus dem Topf löffelten. Dass wir zum Fluss und gar ins Dorf wollten, in dem wir noch nie waren, hatten wir vergessen.

Sie explodiert und noch einmal, explodiert und noch einmal. Unhörbar in hellweiß. Gleißend still. Wir haben ein Bild auf der Netzhaut.

Auf dem Bild ist ein Raum, in dem zwei Menschen an einem Tisch sitzen. Im Hintergrund sind Spiegel angebracht und es sind kleine Gartenszenen in Grisaille bis zur halben Höhe der Wand und in die Kassetten der Decke gemalt. Ein weißes Laken, dessen Faltung noch zu erkennen ist, bedeckt den Tisch, links und recht stehen zwei Lehnstühle, auf denen die Menschen sitzen. Dunkelgrün ist der Teppichboden, braun sind die Stühle, die Figuren am Tisch sehen sich an, sie sehen sich sehr an, über eine silberne Platte hinweg, die auf einem kleinen goldfarbenen Stövchen steht, in dem gerade noch glimmende Kohlen orangerot leuchten. Auf der Platte liegt eine einzelne Blüte. Eine feine hellgrüne Artischocke.

Splitter

In der achtzehnten Woche der Bude fragte mich Kato, ob ich sie liebe. Ja, sagte ich, ich liebe dich. Was wollte sie hören? Ich schaute sie an, als ich es ihr sagte, und sah, wie sie tief einatmete. Kato, sagte ich, wieso jetzt diese Frage. Ich wartete auf eine Antwort, aber Kato drehte sich, stellte sich an die Terrassenbrüstung und schwieg. In dem Moment segelte ein Raubvogel auf unserer Augenhöhe durch

den Himmel, geschwind, ohne einen Flügelschlag, nur die Thermik des Hangs nutzend zog er lautlos an uns vorbei und nahm Katos Blick mit.

Es war vollends verfahren. Boris hatte sogar meine Kleinformate weggegeben, die ich ihm erst kürzlich geschickt hatte. Alles verschwunden an die Wände seiner Nachbarn und nicht nur diese, er hatte sich in Verpflichtungen quasi auf der ganzen Welt manövriert und hatte am Ende sogar meine Päckchen gar nicht mehr groß geöffnet, sondern einfach weitergeschickt. Nächsten Monat würde er aus seinem Haus ausziehen müssen und hatte sich bereits ein Zimmer an dem Platz von Kalypsos Café reserviert. Immerhin, er würde ihr und Nono nah sein.

Wer sind deine Nachbarn, fragte ich ihn, wer hat meine Bilder jetzt. Er wusste es nicht, er sagte, er könne mir eine Liste der Gläubiger machen, vielleicht könne ich ja etwas zurückkaufen. Boris, du Arsch.

Ich hatte Angst, dass mir der Name Babinski wieder begegnen würde, aber er sagte Boris nichts.

Am Abend erzählte ich es Kato, die glänzte wie Weihnachten, die noch angezündet von Kalypsos Nähe und dem Sonnentag neben mir auf der Terrasse saß, während meiner Worte erst reglos erlosch, dann aufstand, um die Arme um mich zu legen.

– Oh Mirren.

Mehr war nicht zu sagen. Die Metalle hatten sich berührt.

Wir reisten sofort ab. Ich hatte meine Bilder an diese Insel verloren.

Die graue Masse aus der Wand war weitergerieselt. Und ich hatte keine Idee mehr, wie die Risse zu stoppen waren. Mittlerweile war fast jeder Spiegel irgendwo angesplittert. Und ich hatte kein Material mehr, keine Fantasie mehr. Katos schöne Lösung der Superheldenbilder auf den Löchern hatten wir noch ein paarmal wiederholt, aber als der Comic anfing, überhandzunehmen, egal wie fein vergilbt die Blätter waren, beließen wir es bei der Splitterwand. Sie löste uns auf in Gestalten, die wir nicht sein wollten, in gespaltene Figuren, voneinander und in sich. Doch sie ließ die Bude immerhin heller sein.

– Ich hab Lust, schwimmen zu gehen, kommst du mit zum Fluss?

Kato stand vor mir, ein Geschirrhandtuch in der Hand. Ich war gerade mit der Zisterne beschäftigt, in die sich eine Nacktschnecke verirrt hatte und nun als ausgewaschener Wurm auf der Oberfläche flottierte. Eklig, weg damit, sie erinnerte mich an die Gummitiere, die ich als Kind in Wasser gelegt hatte und dann aufgedunsen in den Mund steckte, um sie wieder auszuspucken. Ich hatte nie im Leben wieder so etwas Geschmackloses gegessen.

Die Zisterne, das quadratische und mit Beton ausgegossene Loch auf halber Strecke zwischen Bude und Holzschuppen, war mit einem Blech bedeckt, unter das immer mal wieder Geziefer krabbelte und kroch. Die Schnecke hatte Pech gehabt und ich beschloss, dieses Zisternenwasser nur noch zum Gießen zu verwenden. Das Wasser in der Zinkwanne, das aus der Dachrinne gespeist wurde, war mir zum Waschen und Trinken doch lieber.

Dass Kato zum Fluss wollte, war seltsam, denn sie ging nicht gerne bergab, eigentlich war sie noch nie bergab gegangen.

– Was ist, ruft dich der Nöck?
– Nöck?
– Der Wassermann.
– Als ob ich mich von einem Mann rufen ließe.

Kato pfiff mir das Handtuch auf den Nacken und lachte. Ich wehrte mich.

– Weißt du, was Leonardo da Vinci mal gesagt haben soll? Hör zu: Greifst du in einen Fluss, ist das, was du berührst, das letzte von dem, was vorbeigeflossen ist und das erste von dem, was kommen wird. Das ist die Gegenwart.
– Das ist die Gegenwart. Komm, Mirren, lass uns Gegenwart machen.
– Weißt du, was ich auch liebe? Deinen Blick nach links oben, wenn du nachdenkst.

Ich stand auf und hielt mir die Hände als Sonnenschirm an die Stirn, um sie besser zu sehen. Meine Nase folgte ihrem Blick und mit Schwung küsste ich sie, Kato sprang einen Schritt rückwärts und schlang mir das Tuch um den Nacken.

– Komm her, schönes Schweres.

Wir kamen nicht zum Fluss und sprachen an dem Abend auf der Hangterrasse über unseren See, den Kanal, den wir beide vermissten, das Wasser, die Algen, die Tannenwedel, die Malermuscheln, die Rotfedern. Dass wir wieder mal schwimmen wollten und dass wir demnächst an den See gehen würden. Oder zum Fluss. Und danach ins Dorf, einkaufen, aber wir brauchten nichts und hatten alles, außer das Schwimmen.

Die Nacht war laut und der Himmel zu leise. Die Sterne lagen hinter Wolken, wir sahen die schemenhaften weißen Berge immer wieder im Mondlicht, wenn es kurz auftauchte. Der Wind ließ die Eberesche rauschen und die Büsche, die Kiefern, den großen Rosmarin, hier hast du dein Meer, Kato.

Ich wachte damals davon auf, dass ich schrie, um Hilfe schrie aus einem Traum, der mir nicht einfallen wollte, nur ein eisiges starres Gefühl im Nacken war übriggeblieben. Kato nahm mich in den Arm und flüsterte.

Heia wiwe Suse
Jacke, Schuhe, Hose
schöne Schwere
weit und breit
war da und gut
und Not ganz weit.

Sie sang mir ihre in diesem Moment erfundenen Kinderlieder, tonauf, tonab, bis mir wieder warm wurde.

Der Eiskeller wurde zum Problem, ich kam und kam nicht weiter. Ich hatte den Stollen schon weit in den Hang hineingetrieben, aber ich hatte keine Kraft mehr. Als ich an dem Morgen nach dem Traum hinunterging, setzte ich mich einfach in die Höhle und blickte über das Land. Der Fluss glitzerte nicht, er war hellbraun und sah nicht nach Bewegung aus. Fast, als ob er stillstände, die Strömung abgeschaltet war, ich versuchte zu erkennen, ob etwas in ihm trieb oder ob er überhaupt floss.

Ich wollte Kato rufen, doch mir fiel ein, dass sie heute tatsächlich den Weg zum Dorf nehmen wollte.

– Ich geh heute.

Das sagte sie am Morgen, als ich noch in ihrem Arm lag, halb wach erst und mit kalter Nase, wir hatten wieder auf der Terrasse geschlafen.

– Ich weiß gar nicht mehr, muss ich links oder rechts nach dem Gatter?

– Ich glaub, warte mal, rechts geht's hoch, links geht's runter. Rechts muss der Weg zur Ruine auf dem Berg sein, links zum Fluss, ja klar, und du kannst entweder über den Berg gehen oder unten am Fluss entlang. Warst du schon mal unten?

– Nie.

– Ich war schon mal bis zum Tor, du brauchst den Schlüssel, es ist abgeschlossen.

– Wir haben Schlüssel?

– Klar, auch für das Tor unten am Fluss.

– Hast du den schon mal benutzt?
– Nein, aber ich weiß das.
– Hast du ihn?
– Er liegt im Schuppen in dem kleinen Tontopf auf dem Regal. Ich geb ihn dir. Aber lass mich nochmal fünf Minuten hier …

Ich steckte meine Nase zwischen ihre Brüste, nahm sie um die Taille, und so lagen wir einander atmend im Morgen. Kato holte in meinem Scheitel Luft, ich in ihrer weichen Mulde. Wir drehten uns nochmal und Katos Nase lag in meinem Nacken, ihre Arme um meine Taille, ihre Knie in meinen Kniebeugen. Ich spürte ihre weichen Härchen an den Beinen, meine mussten sie auch kitzeln. Mein Hintern lag an ihrem warmen Dreieck, sie steckte einen Finger in meinen Bauchnabel, und so lagen wir lang.

Nach einem Tee und einer Katzenwäsche ging ich zum Schuppen und fühlte in den Blumentopf, da war er, der Schlüssel, und ich dachte: Er sieht so silbern und neu aus, hat ihn jemals jemand benutzt? Er sah nicht aus wie etwas, das zur Bude gehörte, nichts hier war so neu und unverschrammt. Kato steckte ihn in die Tasche ihres Kleides und ging. Ich sah sie im hellen Licht, es war schon sehr warm, ihr gelbes Kleid mit dem weißen Reißverschluss strahlte so, dass ich geblendet war, ich sah ihren Arm, ihr Winken, ein Blick zurück, ein Lachen, bis nachher, sie stieg den Trampelpfad zum Gatter hoch.

Ich saß in meinem Eiskeller und dachte an diesen Moment, als mir etwas Weiches in den Nacken fiel. Erst dachte ich, es sei ein Tier, ein Insekt, aber es bewegte sich nicht aus sich heraus, sondern durch die Schwerkraft. Ich fühlte nach, zwischen meinen Fingern hatte ich das graue Rieseln. Wolle, Staub, einzelne Fasern, es klebte an meiner Haut. Ich probierte es abzuwischen am Boden, aber schließlich hatte ich das Graue und Erde an den Fingern, verschmierte Handflächen, die ich an meinem Shirt abrieb.

Ich stellte mir vor, wie Kato aus dem Dorf zurückkam, wie sie erzählte, dass es einen Dorfladen gab, was es im Dorfladen gab, was nicht mehr, wie sie eine kleine Tüte dabei hatte mit Zucker, Tee vielleicht, mit einer Flasche Portwein und Milchpulver. Und wie ich ihr erzählte, dass mir im Eiskeller das graue Rieseln passiert war.

– Kato, du wirst es nicht glauben, aber heute im Eiskeller fiel mir dieses graue Zeug in den Nacken, ich hab keine Ahnung, wie das dahin kommt.

Sie würde mich anschauen und sagen:

– Aber Mirren, du bist ja ganz voll davon, guck mal, hier und hier und hier.

Sie würde sich das Küchenhandtuch nehmen, es in die Wasserwanne tauchen, sie würde mir das graue Zeug von der Haut reiben, erst am Nacken, dann an den Armen, den Händen, den Beinen. Sie würde mich, nein, sie hätte mich, wenn sie wiedergekommen wäre, gewaschen und getrocknet.

Die Sonne verschwand rechts hinter dem Berg und ich saß weiter auf der Erde. Als mir die Kühle Wellen über die Arme schickte, stand ich auf. Das lange Sitzen ließ meine Kniegelenke knirschen, ich musste meinen Rücken vorsichtig aus der Starre befreien. Zuerst holte ich die Taschenlampe aus dem Schuppen, sie ging nicht an, ich konnte den Pfad zum Gatter auch so noch erkennen und stieg hinauf. Das Gatter, das wir kürzlich erst repariert hatten, hing ordentlich in der Welt. Hing zwischen den Stöcken links und rechts und hing so perfekt, dass sich etwas in mir entschloss, es nicht zu bewegen. Ich ging den Pfad zurück, zurück zur Bude, ich dachte: Ich weiß ja eh nicht, ob du hoch oder runter gegangen bist zum Dorf, Kato.

Ich hatte noch etwas Marillenmus, das könnte ich essen, wenn es schwer würde. Ich hatte ihren Computer und ihre Kleider. Ich könnte vielleicht alles verbacken, was noch im Schränkchen stand, und alles trinken, was wir noch hatten. Ich könnte all das tun, bis Kato wiederkommt. Ich würde mich in die Erde setzen und warten.

Das graue Rieseln fiel hinter mich und erst spürte ich es nur am Rücken, es wurde mehr und schließlich konnte ich mich anlehnen. Ich ließ mich in die Masse fallen, meine

Muskeln entspannten, der Rücken, der Nacken, ich lag und saß zugleich im Grauen, das mich weich und fest aufrecht hielt. Ich dachte warten, dachte müde, dachte wach, merkte das Warten und die Müdigkeit, immer wieder schlief ich und träumte, saß in der Erde und im Rieseln, das ich wegschieben musste, hinein in den Eiskeller. Es wurde voll um mich herum, aber es wurde auch weich, die Fasern, an die ich mich lehnte, nahmen meine Wärme auf und gaben sie wieder an mich ab. Nicht schlimm, dachte ich, und ich dachte wohl auch an Kato und dass ich wartete, aber nicht immer, ich sah auch auf den nicht fließenden Fluss und auf meine Knie.

Wir müssen nicht mehr atmen. Wir müssen nichts mehr.

Stillleben

Ich hatte vergessen, wie ich sprechen konnte, in der neunzehnten, zwanzigsten, dreißigsten Woche der Bude.

Ich hatte alle Wege vergessen und alle Namen, ich hatte es versucht, ich wollte den Pfad entlang zur Ruine, wollte den Pfad zum Fluss, ich wollte wirklich und war dann doch nicht. Ich musste bleiben, falls sie wiederkam, es hatte keinen Sinn, sie zu suchen, sie war ja nicht weit weg. Ich träumte mich weiter, durch die Tage, in die Erde, endlich hatte ich verstanden, weshalb ich mich in den Hang wohnte, ich musste hierbleiben und sollte warten. Warten ist etwas Schönes, nicht?

Es kamen wieder Wörter in meinen Kopf. Ich machte mir Lieder und eine Sprache. Und ich übte den Moment, in dem sie wieder da sein würde.

Einmal war ich im Wasser.
Einmal war ich in der Luft.
Einmal war ich aus Zucker.

In einem Zimmer stand ein Tisch, auf dem Tisch stand eine Schale, auf der Schale war ein Muster, in der Schale lag ein Apfel. Auf dem Apfel war ein Fleck, auf dem Fleck saß eine Fliege, in der Fliege eine Stecknadel, im Metall der Stecknadel sie im Spiegel, wie sie den Pfad hinunter wiederkommt.

– Wo bist du?
– Ich war immer hier.

Literatur bei leykam:

Die Geschichte eines Widerstands

In einer Welt, in der die Technik regiert und die Natur kontrollierbar geworden ist, wird Michael in Mat, einem Dorf in Albanien, geboren. Als er acht Jahre alt ist, wird er entführt und seiner Familie entrissen. Ein Schicksal, das viele Kinder in diesem Alter ereilt. Er wird in ein Camp für Jugendliche gebracht, wo ihnen die Erinnerung an ihre Herkunft ausgetrieben werden soll. Sein Name lautet fortan Balaban Badera und er wird zu einem modernen Krieger erzogen. Doch anders als die anderen Jungs widersetzt sich Balaban.

192 Seiten I Hardcover mit Metallic-Papier und Lesebändchen

ISBN 978-3-7011-8321-0

Literatur bei leykam:

Gibt es einen Ort namens Heimat?

Eine Familie aus Südtirol entscheidet sich 1942 im Zuge der »Option« für die Auswanderung ins Deutsche Reich. Der 11-jährige Ludi erzählt von den letzten Tagen im Dorf und der ersten Station im Deutschen Reich: Innsbruck. Auf Anweisung der Ärzte muss sein behinderter Bruder Hanno in eine Anstalt bei Hall gebracht werden. Die restliche Familie zieht weiter nach Oberösterreich. Der Vater wird in die Wehrmacht eingezogen und auch Hanno kehrt nicht mehr zurück. Ein Brief aus einer »Heil- und Pflegeanstalt« des Reiches ist alles, was der Familie von ihm bleibt.

192 Seiten | Hardcover mit Schutzumschlag und Lesebändchen
ISBN 978-3-7011-8286-2

Zitat auf Seite 95 aus
Sei Shōnagon: Kopfkissenbuch.
Aus dem Japanischen von Michael Stein.
Manesse Verlag 2015, S. 58.

Umschlaggestaltung: Annika Siems und Christine Fischer
Layout: Anna Franziska Frey
Lektorat: Stefanie Jaksch
Gesamtherstellung: Leykam Buchverlag

www.leykamverlag.at
ISBN 978-3-7011-8319-7

FSC
www.fsc.org
MIX
Aus verantwortungsvollen Quellen
FSC® C014138